千年王国の盗賊王子

氷川一歩

white heart

講談社X文庫

目次

イラストレーション／硝音《しょうおと》あや

千年王国の盗賊王子

プロローグ

その日のディアモント王国の夜は、月明かりが綺麗《きれい》で眩《まぶ》しいくらいだった。

魔法という技術が確立して数千年。一時期、その技術が途切れかけて一部失われたりもしたが、現代魔法はおよそ千年もの研鑽《けんさん》の時を築いている。

それでも技術の進歩は牛歩のごとく、夜の帳《とばり》を払うほどの光量を獲得するには至っていない。月の光は夜の王として、今なお大地を照らす一番の光源だった。

「そんな日に裏取引とはねぇ」

街を一望できる塔の上で、眼下を見下ろす青年は呆《あき》れた声を洩《も》らした。

道化のようなマスクで目元を隠し、白のロングコートにシャツとベストを合わせたその姿は、まるでどこかの宴席から帰ってきたばかりに見えた。

「マルス……またそんな目立つ恰好《かっこう》で来たのかよ」

道化の青年――マルスの背後から、咎《とが》めるような声が飛んできた。

「マルスではなくクラウンな？　秘匿名《コードネーム》で呼べ」

「いや、今はいいから。それよりその恰好、もう少し庶民感覚に寄せろって言っただろ」

「寄せてるじゃないか。別に目立たないだろ？　この恰好」

マルスは振り向き様に言い返すが、声をかけてきた男の格好と比べれば少々分が悪い。

目立つことを理由に文句を言うだけあって、男の恰好は黒の上着に黒のつなぎという、まさに闇夜《やみよ》の鴉《からす》のごとき姿だったからだ。どう頑張っても目立ちようがない。

もっとも、昼間であれば悪目立ちしそうな恰好でもあるのだが。

「あたしはいいと思うわよ、その恰好」

マルスの装いに肯定的な意見を口にしたのは、左隣に立つ女だった。鍔《つば》が広い三角帽子にローブを身にまとい、手には長い樫《かし》の木の杖《つえ》を持って、自身の身分を明確にしている。

すなわち、彼女は魔法使いなのだ。

もっとも、三角帽子に長い杖なんて組み合わせは時代遅れも甚だしい。大昔の神話に登場する魔女と同じ衣装なのだが、どうやら本人はそれで満足しているらしい。

「紳士たる者、如何《いか》なるときでも身だしなみには気を配ってもらいたいわよね」

「うむ」

そんな魔女の言葉に、マルスは満足げに頷《うなず》いた。

「人間、中身が大事とか言《い》うけどな、まずはやっぱり見た目なんだよ。同じ味の料理があったとして、見た目が良い方と悪い方でどっちを選ぶ？　味を知っていればどっちでもいいかもしれないけどな、最初は見た目で選ぶもんだ。だろう？」

「そういう問題じゃ——！」

「静かにしろって」

声を荒らげようとした男の口を、マルスは先んじて手で塞《ふさ》いだ。

「こんな場所でも、騒いだら気づかれるかもしれないだろ」

「……このやろ……！」

黒衣の男が「ぐぬぬっ！」と唸《うな》らんばかりに渋い表情を浮かべたことで満足したのか、マルスは表情を引き締めて眼下の街に目を向けた。

「それで、そろそろ準備はいいのか？」

「ああ、ご免なさい。もうちょっと待って」

マルスの問いかけに、魔女は作業の手が止まっていたことを軽く謝り、持っている杖で足場をトンッと叩《たた》いた。

すると、幾重にも重なり合った魔法の陣が彼女の足下に瞬時に描き出される。

「ええと……警備兵の数は十人、魔導人形《ゴーレム》は全部で五体。使役しているのは魔術師《ウィザード》で、安物の量産品ね。関係者を少なくするための処置かしら？」

「……毎度のことながら、そこまで詳しく読み解ける魔法というのは……なんというか、凄《すご》いな」

すらすらと標的の情報を読み解く魔女の姿に、マルスは感心のため息を洩らした。

「僕も使いこなせるようになりたいものだ」

「魔導地脈《マナ＝ライン》に接続できないんじゃ無理よねぇ、それは」

ディアモント王国のみならず、この世界の至るところには魔力が巡っている。人の体内を血液が巡るように、大地の下には不可視の魔力が流れている――というものだ。

それが魔女の言う〝魔導地脈〟だ。

「魔導地脈はこの世界のあらゆるものと繋《つな》がっているんだろう？　この世のあらゆるものと繋がって、さまざまな情報を蓄えていると学んだが？」

「そうね。魔法使いにとって、その魔導地脈から魔力の流れを汲《く》み上《あ》げて魔法陣という形で可視化し、特定範囲の情報を把握することこそ、何よりも重要な技術なの」

そして、そんな技術にも階級《ランク》というものがある。

魔導地脈から情報を読み取れる者が魔術師《ウィザード》。読み取った情報を書き換え、魔導具の所有権を自分のものにできるのが魔道士《ワーロック》。そして、情報の書き換えを同時並列に行えるのが賢者《マギ》である。

「まぁ、からっきしの人は全然ダメらしいけど……いいんじゃない？　人それぞれ、役割分担ってことで」

「まぁ、そうかもしれないけれどなぁ……」

なんだか上手《うま》い言葉で言いくるめられたような気がしないでもないが、今ここで魔法についてのあれこれを議論したって仕方がない。まずは目の前の〝仕事〟に集中するときだ。

「ともかく、魔導人形の数が多いのが厄介だな」

「あの数の量産品の魔導人形なら、あたし一人でもなんとかなるけど？　難易度はそんな高くないし」

「んー……そう言うのなら、逆に今回はサポートに徹してもらって他の魔法使いに任せよう。経験を積んでもらわないとな」

「それなら、あたしは万が一のときに備えてここで待機しておくわ」

「頼む」

頷き、マルスは周囲を見渡した。

きらり、きらりと何ヵ所かで光が点滅している様子が確認できる。

彼の仲間が送る合図だ。どうやら配置はすでに完了済みらしい。

「では」

その合図を受けて、マルスが不敵にニヤリと笑う。

「野郎ども、根こそぎ奪い取れ！」

第一話　賊、現る

1

その日のディアモント王国は、大いに賑《にぎ》わっていた。

城下町の大通りでは大道芸人がその持ち前の芸を披露し、建ち並ぶ露店には美味《うま》い料理や芳醇《ほうじゅん》な酒が採算度外視の低価格で売られている。その様相は大通りだけにとどまらず、一歩足を踏み入れた裏通りでも同じような振る舞いが行われていた。

今日は年に一度のお祭りだ。ディアモント王国の建国記念日である。

ディアモント王国は長い歴史を誇る国家だった。遡《さかのぼ》れば千年前にたどり着き、建国の祖は〝異界から現れて世界を救った英雄王〟などとされている。

ただ、それがどこまで本当なのかはわからない。歴史書に記されているといっても、そもそもその〝歴史〟が事実を客観的に書き記しているとは限らない。まずもって〝異世界から現れて～〟などというのは、あまりにも寓話《ぐうわ》じみている。

それでも、今日という日がディアモント王国の王国法で制定された祝日であり、国民の多くが王家と国家の繁栄を祝っていることは間違いのない事実だった。

逆の見方をすれば、ディアモント王国の王家は国民から年に一度は祝福されるほどには愛されている――ともいえる。

事実、国民が王家に向ける感情は明るい。親しみを抱く者は多く、悪感情を抱く者は少ないだろう。

理由は人それぞれあるだろうが、特筆すべきは〝主君たる王家の権力は、ほぼすべて国民に委譲している〟という点だろうか。つまりディアモント王国は、他国ではあまり見ない立憲君主制の国家だった。

国の主権は国民にあり、司法、立法、行政がそれぞれ独立している。国王でも法の下では平等であり、唯一有する権力は政治的最終決定権だけである。その決定権とて、基本的に拒否や否決することができない。

かくしてディアモント王家は国家の象徴となり、敬愛される存在となった。君主は本来手にすることができた絶対的な権力を放棄する代わりに、臣民からの敬愛を得たのである。

だが、何事にも例外というのはあるもので――。

（なんて情けない……）

――そんな王家の現状を憂う青年が、建国記念の祝典が開かれている王宮の中にいた。

立食形式の宴席が設《しつら》えられている大広間で、きらびやかな装いの紳士淑女が談笑を繰り広げている中、ただ一人、小難しそうに眉間《みけん》に皺《しわ》を寄せている。

彼は常々思っていた。今も思っている。

王家のあり方とは、臣民に愛され、慕われるだけでいいのだろうか――と。

無論、憎まれたり恨まれたりするような立場がいいと言いたいわけではない。

ただ、王とは臣民を外敵から守り、日々の暮らしを豊かにし、幸福を与えるべき役割を全うしてこそ〝王〟と呼ばれる存在なのではないだろうか。

民に愛され、慕われるだけの王に――王家などに、果たして存在する価値などあるのだろうか。

価値はない――と、思う。

今はまだ〝無害〟というだけで放置されているが、いつ何時、火のないところから煙が出て、民に見捨てられるかわからない。権力を持たないからこそ、そのときに抗《あらが》う術《すべ》がない。

（このままでは駄目だ……！　王家は……変わらなければならない！）

青年は強く思う。

（民に慕われるだけの王家より、民を守り、導く真の王こそ、今の世には必要なんだ！）

そう考える青年の名は、マルス。

マルス＝ディアモント。

そう――王家の変化を強く望む彼こそ、ディアモント王国の第一王子であった。

「おお、そこにおられるのはマルス殿下ではございませんか。ご無沙汰《ぶさた》をしております」

そんなマルスに、一人の老紳士が声をかけてきた。

「……これはこれは、スピネー殿。ご健勝のようで」

一瞬「誰だっけ？」と思ったが、幸いにもすぐに思い出すことができた。

名は、ゾーン＝スピネー。

日用雑貨や食品、家庭用の魔導具などの輸出入、さらには魔石採掘で財をなした〝スピネー商会〟という総合商社みたいなところの創始者であり、財界要人の一人だ。

「お聞きしましたぞ。この度、サンドラ殿下のご成婚が決まったとか」

「これは……耳が早いことで」

マルスは長兄ではあるが、上に姉が一人、下には弟と妹が一人ずついる。サンドラというのはその姉のことであり、つい三日ほど前に「姉が結婚する」という話を聞いたばかりだ。

なので、当然のことながら世間にはサンドラの結婚についての発表はまだされていない。

「祖国誕生を記念する良きこの日に、次代の国王陛下になられるお方が伴侶《はんりょ》をお決めになったというのは、誠にめでたきこと。これで王家も安泰でありましょう」

「ええ……まったく」

ゾーンの言葉に、マルスは表向きは笑顔で、心の内では舌打ちして頷《うなず》いた。

この男の言うことは、何も間違っていない。姉のサンドラが夫になるべき相手を選んだことはめでたいし、彼女が次代の国王になることもそのとおりだ。

そう。

ディアモント王国では、王位継承権は男女の別にかかわらず、現国王の第一子から一位、二位と続く。現状であれば、サンドラが王位継承権第一位、マルスは第二位だ。なので、もしマルスの父である現国王に万一のことがあれば、次の王はサンドラであり、女王陛下と呼ばれるようになるだろう。

王家の変革を強く望むマルスにしてみれば、自分が王になれないのはほぞをかむ思い——かといえば、そうでもない。

姉には王として必要な器量と愛嬌《あいきょう》、そして智慧《ちえ》と冷淡さがある。おまけに、結婚相手は王家の近衛《このえ》騎士団の団長を務める美丈夫だ。男が惚《ほ》れる男と言えばいいのか、我が姉ながら良縁を結んだな——と、マルスは思っている。

このまま予定どおりにサンドラが女王となれば、王家は今後もその役割を十全に果たすだろう。マルスとて、そんな姉を押しのけてまで王になりたいとは思っていない。

ならば、マルスがゾーンの言葉に内心で舌打ちした理由とは別にある。

それはゾーンの耳の早さだ。

マルスでさえ、ほんの三日前に姉が結婚するという話を聞いたばかりである。なのに、なんの関係もないゾーンは知っていた。

どうやら財界の要人が持つ情報網は、王室の近いところまで入り込んでいると考えて間違いないだろう。

あまり……気持ちのいい話ではない。

「マルス殿下は如何《いかが》ですかな？」

「……と、申しますと？」

まともに相手をするつもりはないが、かといって無下に扱うわけにもいかない。マルスは意識を戻して問い返した。

「ご自身のご成婚についてでございます。サンドラ殿下のご成婚が決まった今、陛下としてもマルス殿下の行く末を気になさるのでは？」

「いやいや……私など、まだまだ若輩者です。結婚の予定どころか、将来を添い遂げようと思う相手にも巡り会えておりませんよ」

「若輩などとご謙遜《けんそん》を。マルス殿下とサンドラ殿下は二つしか離れてないではございませんか。もし、お相手にお悩みでしたら、私の孫娘など如何でしょう。我が孫娘ながら美しく育ちましてな。身内びいきと言われてしまうかもしれませんが、マルス殿下に相応《ふさわ》しいかと」

「えっ？　い、いや、それは――」

「なんと、マルス殿下は嫁御殿をお探しですかな？」

ゾーンからの思わぬ申し出に上手《うま》い断りの返しができずに口ごもると、どうやら近くで会話が聞こえていたらしい別の貴族が割って入ってきた。

「それならば是非、私の娘を。いやはや、年頃の娘ではあるのですが、恥ずかしながらいまだ相応しい相手が見つからずに難儀しておりました。殿下ならば是非もありません。一度、お会いになってはくださいませんか」

「お待ちください伯爵。先に殿下へお相手を紹介していたのは私ですぞ。急な横やりはご遠慮願いたい」

「何をおっしゃいますか、ゾーン殿。お相手を紹介するのに早いも遅いもないでしょう。お決めになるのは殿下なのですから」

「しかしですな――」

ゾーンと伯爵の言い合いは、近くにいた他の貴族たちの耳にもとまった。親族に年頃の娘がいる貴族たちは、こぞって「殿下の伴侶はうちの者こそ相応しい」と言い争い、当のマルス本人の意向などお構いなしである。

（こいつら……）

そんな騒ぎに、マルスは苛立《いらだ》ちとともに辟易《へきえき》とした気分を味わった。

ここでマルスの嫁候補を推薦している連中は、マルスや嫁に出す娘の幸せを真剣に考えているわけではない。単に自分の親族を王家との繋《つな》がりに利用しようとしているだけなのだ。

マルスの意見を聞かず、勝手に盛り上がっていることからも、それがよくわかる。

「皆様方――」

「あらまあ、何やら賑やかですこと」

いい加減、勝手なことを言う貴族連中を一喝してやろうとマルスが口を開きかけたそのとき、鈴を転がすような声が全員の耳に届いた。よく通る声は、あれこれ言い合っていた貴族連中をたちまち黙らせ、声を荒らげそうになっていたマルスをも落ち着かせた。

「母上……！」

たおやかな笑みをたたえて一同を静かに見渡す麗人こそ、外でもない、ディアモント国王妃にしてマルスの母、アイオラ＝ディアモントであった。

「皆様、楽しそうに何をお話しされていたのかしら？　わたくしも混ぜていただけますと嬉《うれ》しいわ」

　笑みを深めてお願いする王妃の言葉に、ゾーンやマルスを含めた全員が戸惑いの表情を浮かべる。

　何しろこの王妃、穏やかで人懐こい空気を醸し出しているものの、そこはそれ、和平の象徴として現国王とともに近隣各国を回り、魑魅跋扈《ちみもうりょうばっこ》する社交界を笑顔で切り抜けてきた女傑である。

　あわよくばマルスに自分の血縁者を嫁がせようとする連中にしてみれば、迂闊《うかつ》な一言で望みが絶たれることだって十分にあり得るだろう。

「母上、彼らは皆、私の伴侶を選んでくださるそうです」

　だからといって、マルスにしてみれば彼らが困ったことになろうとも関係ない。しれっと素知らぬ顔で打ち明けた。

「まあ、それはなんて素敵なお話なのかしら。ということは、わたくしの娘にもなるということね？　是非とも詳しくお話を聞かせていただきたいわ。それでは……んー……あなたから。どんな娘さんなの？」

　ニコニコと笑みを絶やさず、それでいて有無を言わせぬ妙な迫力をまとって、アイオラ妃は胸元で手を合わせながら興味深そうに貴族の一人に話を向けた。

「いや、ええと……わたくしのところでは――」

しどろもどろに口を開く貴族を相手に、アイオラ妃は笑顔を崩さないで話に耳を傾けている――と、胸元で合わせていた掌《てのひら》をマルスを追い払うようにヒラヒラと振っていた。

――ここはいいから、あっちに行ってなさい。

そんな風に言ってるように見える。

どうやらアイオラ妃には、マルスが貴族たちの対応に苦慮していたことがバレていたらしい。ここは素直に助けられておくとしよう。

マルスは母に軽く目礼して、静かにその場を離れた。

「ふぅ……」

母の機転で煩わしい場所から逃れることができたマルスは、そこでようやく安堵《あんど》のため息を吐く。

建国記念の祝日であり、社交の場といえば聞こえはいいのかもしれないが、実際この場はそんな華やかなものではない。社会的にも経済的にも地位を得た人間が、さらに欲望を満たそうと蠢《うごめ》いている伏魔殿だ。

場を離れ、少し聞き耳を立てているだけでもいろいろなことが聞こえてくる。

――うちの財閥が他国からの輸入品で利益を伸ばしておりましてな。何、輸入にかかる経費は人件費を削れば――

――あそこの隊商が盗賊団に襲われたらしい。闇の疾風《ブラック・ウィンド》とかいったか？　昔から暴れ回ってるようだが、襲うならうち以外を狙《ねら》ってほしいもんだ。はっはっは――

どれもこれも自分の成功談や他人の失敗談だ。妬《ねた》みと嫉《そね》みしか、この場にはない。

「はー……」

マルスは思う。

この国は、本当に異界から現れた救世の英雄王によって興された国なのだろうか？　どんな偉大な先人の興した国であっても、千年も経《た》てばこうも澱《よど》んで穢《けが》れてしまうものなのか。

あまりの状況に耐えきれず、マルスはそっと会場を抜け出した。

2

建国記念の今日、どこもかしこも盛大に祝いごとの催しが行われていれば、人々の目はどうしたって賑やかな方へ向いてしまう。だからこそ、人の目が向かない、届かない場所というものも広くなっていく。

それはまるで、光が強く輝けば影がより濃く暗くなるかのように。

「さて、と……」

いつもなら近衛騎士団に守られ、ネズミの一匹さえ入り込むことが困難といわれている王宮だが、〝商人以外は悪党でさえ休む〟といわれる国を挙げての祝賀日はそうでもない。今日ばかりは警備も手薄だった。

その影も、難なく忍び込むことができるほどに。

「主義や信条には反するが……今回ばかりは仕方がねえ。さっさと仕事を終わらせるか」

まるで誰かに――あるいは自分に言い訳するように独りごち、その影は闇の中を疾風のように駆け抜けた。

「まったく、ロクなもんじゃないな！」

宴席を抜けて自室へと戻ってきたマルスは、脱いだ上着をベッドの上に投げ捨てながら毒づいた。

まったく、思い返すも腹立たしいことばかりである。

国家樹立を祝う席で、国の象徴とされる王家の人間を前に、ディアモント王国の政治や経済を支える立場の貴族や商人たちが腹に抱えている思いとは、誰も彼もが己の利権を守ること、あるいはさらに肥やすことばかりだった。

誰一人として、富を得た者が果たすべき責任を果たしていない。

「おまえもそう思うだろ、クリス？」

「……と、おっしゃられましても」

同意を求めるような問いかけに答えたのは、マルスが脱ぎ捨てた上着を型崩れしないように片付けていた側仕《そばづか》えの侍女、クリス＝ベルーラだった。

「殿下に良《い》い人がいないのは事実なので、お相手を紹介していただけることは幸いなのでは？　事実を指摘されて憤慨なさるのは、如何なものかと存じます」

「そうじゃねえよ！　そんなことで怒ってるわけじゃないぞ！」

「殿下、素が出ております。お言葉遣いにはお気をつけください」

「うぐっ……！」

ぴしゃりと諫《いさ》められて、マルスは喉《のど》を詰まらせたかのように唸《うな》った。

なかなかどうして容赦がない。昔からこうなので、「無礼だろう！」と怒ることもできやしない。

クリスはマルスに専属でついている侍女である。正式には近衛侍女という肩書がついている。見た目は二十代前半で、銀髪赤眼が特徴的な線の細い女性だった。ただ、マルスに物心がついた頃から世話をしてくれているので、実年齢は見た目以上と思われる。そのあたりのことは詳しく聞いてもはぐらかされるので、よくは知らない。

ともかく、そんな昔から側にいるクリスは、マルスにしてみれば家族よりも身近な存在で、礼儀作法から学問、武芸に至るまであらゆる世話をしてくれた〝教師〟でもあった。

良くも悪くもマルスのことを知っているし、ずっと長く側にいるものだから、二人の間には主従とは別の上下関係というものが厳然として存在している。

「とっ、ともかくだな！　僕が言いたいのは、この国の権力者たちは義務を果たしていないってことなんだよ！」

「義務――で、ございますか」

「そうだよ。社会的に特権を持つ者は、その権利を社会に還元してこそ釣り合いが取れるものだろう？」

「殿下、その思想は極めて崇高なものと賛辞いたしますが、かといって無理強いするべきものでもないのでは？」

「そうだけど、それで無理強いせずにあいつらの善意に任せてみた結果が、今の町の状況じゃないか」

マルスがテラスに通じる窓を指させば、外はすっかり日が暮れていた。魔導具の発展で個人レベルでも夜の帳《とばり》を幾分払うことができるようになってきたが、ディアモント王国の夜はまだまだ暗い――のは普段の話で、今日は建国記念の祝日だ。

日が暮れた今も国民は飲めや歌えのお祭り気分を満喫しており、夜空には花火も咲いて時々目映《まばゆ》く町を照らしている。

「……賑わっておりますが？」

「今日は仕方ないだろ、祝日なんだから！　僕が言いたいのは平日！　いつもの日常のことだよ！」

マルスの言う〝平日〟とは、なんの祝いごともない文字どおりの平凡な一日のことである。そういう日のディアモント王国は、今日の喧噪《けんそう》が嘘《うそ》のように静かで穏やかだ。

「一部の特権階級を除けば、この国の民は貧している。日々の糧を得ることはまだなんとかなっているが、それ以上の潤いを得ることができずにいるんだ。おまえだって知ってるだろ？　この国の……なんていうか、覆っている閉塞感《へいそくかん》？　そういうものをさ」

「……左様でございますね」

マルスの言わんとすることに、クリスも思い当たる節があるようだ。第一王子専属の侍女とはいえ、王家の人間よりも町へ出向くことが多いからこそ、平日の町に活気が乏しい状況を目にする機会も多いのだろう。

「国民が潤いを取り戻すには――綺麗事《きれいごと》を抜きにいえば――金が必要なんだよ。この世は貨幣経済で回ってるんだから。でもその金も、一握りの富裕層だけで回っているから上の連中ばかりが肥えて、それ以外が沈んでいく。僕はその状況をなんとかしたいんだ」

「……率直に申しまして、それはかなりの夢物語かと」

本当に言葉を飾らず、主の考えを真っ向否定したクリスだが、そんな返答を受けたマルスは特に憤ることもなく、「だよなぁ」と頷くだけだった。

言われるまでもなく、わかっていることなのだ。自分が言っていることが、どれほど現実味のない夢物語であるのかを。

人間の欲望には際限がない。富や名声を、見ず知らずの他人に分け与えたり簡単に手放したりできるような人間なんて、そうはいないだろう。そのことは、今日の宴席でマルスを取り込むために身内の娘を差し出そうとした、ゾーンやその他の貴族たちの振る舞いからもよくわかる。

「……うちのご先祖様は、よくもまぁ、こんな欲を討ち滅ぼしたもんだ」

建国の日ということもあってか、マルスはディアモント王国を築いた初代国王の英雄譚《たん》を思い出してため息を吐いた。

「正しくは、人が生まれながらに背負う業――〝原罪《ペイン》〟でございますが」

「欲望も、その罪の中の一つなんだろ?」

語り継がれる〝歴史《でんせつ》〟によれば、異界から召喚されたアカツキ＝ディアモントは世界を食らい尽くすほどの強大な七つの罪を仲間とともに倒したとされている。その七つの罪の一つが〝強欲〟と伝わっていた。

なんであれ、建国史の話はどこまでが本当で、どこからが後年書き加えられた創作なのかもよくわかっていないのが現実である。

「まぁ、千年も前の話だしな。強欲ってのも何かしらの暗喩《あんゆ》なのかもしれんけど」

「殿下、お茶でも如何ですか？」

マルスの愚痴に付き合いつつも、側仕えとしての仕事をそつなくこなしていたクリスがティーポットを掲げて見せた。

「……おまえ、僕の話を聞いてた？」

「殿下のお言葉を聞き流すような真似《まね》などいたしません。ちなみに、殿下の遠いご先祖様であらせられる異界の英雄アカツキは、原罪を討ち滅ぼしたのではなく封じるに至っただけでございますよ」

にこりと微笑《ほほえ》むクリスだが、長年の付き合いがあると、その笑顔がどうにもごまかしているときの態度に見えて胡散臭《うさんくさ》い。

「……ま、いただこう」

クリスの態度が主人に対するものとして難があろうとなかろうと、いろいろ頭の上がらない相手であるのは間違いなく、あれこれ言っても負けるに決まっている。それなら美味《おい》しいお茶を楽しんだ方が建設的だ。

マルスはクリスが淹《い》れてくれたお茶を受け取り——ふと、気づいた。

「なんか、揺れてるか？」

受け取ったカップの水面に、絶えず波紋が広がっている。

これは、クリスからカップを受け取ったときの振動とかそういうものではない。体感では感じない、けれど足下からの――あるいは建物全体からの揺れが、カップに注がれたお茶を揺らしている。

「……少し、外が騒がしいようですね」

耳をそばだてていたクリスが、扉に目を向けてそう言う。マルスには何も聞こえないが、こういう気配を察することに関しては、彼女の言うことに間違いはない。

「見て参ります。殿下はここで動かずに――」

クリスが部屋を出て行こうとした、そのときだった。

盛大な破砕音を響かせて、窓を突き破って黒い人影が部屋の中に飛び込んできた。

「なっ⁉」

突然の出来事に、マルスが驚きの声を上げる。

黒の上着に黒のつなぎというその格好は、どう見ても王宮の大広間で開かれている宴席の参加者とは思えない。何より、仮面舞踏会でもないのに嘴《くちばし》のような突起物のある鴉《からす》の仮面をつけている姿は、あまりにも胡散臭い。そもそも、窓を蹴破《けやぶ》って飛び込んでくる客がどこにいるものか。

どこからどう見ても、素性を知られたくない不埒《ふらち》な輩《やから》であることは一目瞭然《いちもくりょうぜん》だ。

「貴様っ！　いったい――」

何者だ――と、マルスが抜剣するよりも早く、黒衣の男へ向かうクリス。

「おっ、おいクリス⁉」

「殿下はお下がりください」

侍女でありながら〝近衛〟という肩書もついているのは伊達《だて》ではないとばかりに、マルスの盾になるべく前に出たクリスは、そのまま黒衣の男を捕縛しようと動く。

出鼻を挫《くじ》かれる格好になったマルスは、剣の柄に手をかけたまま、事の成り行きを見守るしかなかった。


青年の方ではなく、侍女の方が前に出てきて虚を衝《つ》かれた黒衣の男は、しかしそれでも冷静だった。

前に出てきた侍女の手は開いている。どうやら殴り合いをするつもりではなく、摑《つか》んで捕縛することを目論《もくろ》んでいるようだ。

確かに武器も持たず、男女という体格差、腕力差がある今の状況では、そうすることが最善手だろう。

だからこそ、黒衣の男はあえて前に出る。

カウンターで殴られれば女の力とて侮れないものになるが、掴みに来る相手ならタイミングを外すことができるからだ。

「――ッ！」

半瞬遅れて前に出た自分の動きに、侍女の開いていた指先がピクリと反応した。掌に力を込めたのが見て取れる。

どうやらこちらの意図を瞬時に見抜き、捕縛からカウンター狙いの掌打に切り替えるつもりらしい。恐ろしく戦闘勘の鋭い侍女に、黒衣の男は内心で舌を巻く。

だが、それでも読みが甘い。

黒衣の男は、裾《すそ》に隠し持っていた小型ナイフを取り出した。人差し指程度の長さしかないそれは、万が一の際にロープを切るなどに使うもので、武器として使うにはあまりにも心許《こころもと》ない。

しかし、相手の侍女にはどう見えるだろうか？

小さな刃物で殺傷能力は低いと判断しても、刃に毒が塗ってあると考えるかもしれない。小さな切り傷でも致命傷になると深読みするかもしれないしないかもしれない。

どちらにしろ、迷った時点でこちらの勝ちだ。

「くっ……！」

かくして侍女は、摑むことも掌底で打撃を与えることもできず、黒衣の男と交差することしかできなかった。

そして、すれ違った黒衣の男の先には、侍女が守ろうとしていた青年がいる。

「殿下！」

侍女が声を張り上げた。

「……殿下だと――」

ギィン！　と、金属と金属がぶつかり合う音が響いた。

「――って、あっぶねぇっ！」

声を張り上げたのは、黒衣の男。

侍女の言葉に気を取られた瞬間、青年が振り下ろした剣撃を小型ナイフでなんとか受け止めた音だった。

(殿下って言ったか？　もしかしてこいつ……ディアモント王家のマルス殿下⁉)

その事実に気づいた黒衣の男は、あんまりな自分の不運を呪《のろ》いたくなった。

祭りの浮かれた空気に乗じて王宮に忍び込んだら近衛騎士に見つかって追いかけられ、なんとか撒《ま》いて逃げ込んだ先が、王子の私室とは笑い話にもならない。

自分が置かれた状況がますます厳しいものになっている事実を理解して、黒衣の男はほぞをかむ思いだ。

どうにかして退路を確保し、早急に逃げ出さなければ――そう考えた矢先のことだった。

「殿下、無茶な真似はおやめください！」

黒衣の男が慌てるならまだしも、侍女の声もどこか慌てていた。

「殿下には荷が勝ちすぎてます！」

「なんだと⁉　この程度の輩など、僕一人で十分だ！」

「ご自身のお立場をわきまえてください！」

「ええい、おまえは引っ込んでいろ！」

ハラハラした声を上げる侍女を強引に下がらせて、青年――マルスはこっちが小ぶりのナイフだというのに刃をぐいぐい押し込んでくる。今にも折れてしまいそうだ。

「どこのどいつか知らんが、王宮へ忍び込むとはいい度胸だ！　いいだろう、この僕自ら相手をしてやる！」

刃を交える黒衣の男に、マルスは勇ましく啖呵《たんか》を切った。

「殿下、何をおっしゃってるんですか⁉」

その横で、侍女があり得ないとばかりに悲鳴を上げる。

（……なるほど）

そんな二人のやりとりを前に、黒衣の男はいろいろと掴めて、この状況がそれほど悪いものではないと判断した。マルスと剣を交えている間ならば、侍女が戦闘に介入してくる可能性が低そうだからだ。

もちろん、本気で斬《き》りかかってくる相手を甘く見るつもりはない。ただ、マルスの剣技はわかりやすかった。

最初の鍔迫《つばぜ》り合《あ》いを横にいなせば、逆らうように切り上げてくる。それを回避するため横に転がれば、追いかけてきて唐竹《からたけ》。その一撃を片手のナイフで受け止め、黒衣の男が前に出ればカウンターを狙ってか蹴り技を出してくる。

剣で挑んできた割には足を出してくるなど、あまりお上品な戦い方とはいえない。だが、実戦的といえば実戦的かもしれない。

これはおそらく、師事した人物の方針なのだろう。

とはいえ、実戦的な技術が実戦で即通用するかといえば、そうとも限らないのが世の常だ。技術はあくまでも技術であり、ともすればそれは誰もが知っている〝定石〟でもある。基本は大事かもしれないが、基本だけで命のやりとりに勝てるなら、この世に敗者は存在しないだろう。

（さて、どうするか……）

マルスの剣技を受けてはいなし、いなしては避けて、避けてはそれらしく攻め込んで相手の緊張感を維持し、かといって本命と目している侍女の介入を拒むように気を配りながら、黒衣の男は次の手を模索していた。

マルスの力量が、他のことを考えながらの片手間で相手ができる程度で助かった。かといって、このまま鍔迫り合いを繰り広げていても埒《らち》が明かない。

何より、本気を出して殿下に傷を負わせるのも本意ではなかった。

何しろ相手は王族だ。この国の象徴である。

黒衣の男は、腐ってもディアモント王国の国民なので、王家の人間に危害を加えることには躊躇《ためら》いがあった。

（やっぱ切羽詰まっていても、王家へ盗みに入るのはやめときゃよかったなぁ……）

黒衣の男は、今さらながらに自分の信念を曲げた行動をちょっぴり後悔した。

そう――黒衣の男は盗賊である。他者の財を掠《かす》め取《と》る泥棒だ。いちおう、あくどい稼ぎ方をしている商人や貴族だけを狙う義賊を自負しているが、今回ばかりはそういう〝言い訳〟も通用しない。

何しろここは、ディアモント王国の民に慕われ、愛されている国王の居城である。道理に反することはしていないだろうし、あくどい稼ぎ方とも無縁の場所なのは周知の事実。

となれば、黒衣の男が掲げる大義名分など口先だけの言い訳にすぎない。今ここで〝殿下〟などと呼ばれる相手と剣を交えているのも、自分の正義を蔑《ないがし》ろにした報いなのだろう。

たぶん。

（ううう……神様っ！　今度から真面目《まじめ》に団の理念は守りますんで、どうか助けて！）

神に祈りつつも「盗《ぬす》っ人《と》稼業から足を洗う」と思わないあたり、黒衣の男もだいぶ救いがない性根をしている。

しかし、それでも神は寛大だった。もしかすると、神は神でも盗賊の神様に願いが届いたのかもしれない。

「ぐへっ⁉」

一瞬の油断だったのだろうか、まったく予期せぬ衝撃を脇腹《わきばら》に受けて、黒衣の男が真横に吹っ飛んで床の上を転がった。

それでもすぐに体勢を立て直し、片膝《かたひざ》をついた状態で何が起きたのかを確認する。

「そこまでにしていただきましょう」

低く鋭い侍女の声。侍女服のスカートから伸びた右足で、どうやら不意打ちを食らってしまったらしい。左足は、その足裏で殿下の握っている剣を踏みつけていた。

「メチャクチャにされたこの部屋を、いったい誰が片付けるとお思いですか？」

睥睨《へいげい》する侍女の姿に、黒衣の男はゾッと背筋を震わせた。確かな恐怖を感じた。

もしかすると、見誤っていたかもしれない。この侍女の実力を。

一対一でも、いや多勢で襲いかかっても、為《な》す術もなく地面に転がる自分の姿を幻視してしまった。

やはりマズイ。このままここで剣を交えているのは、どう考えても得策ではない。しかし、そんな窮地にあっても救いはあった。幸いなことに、侍女に蹴り飛ばされた先は自分が飛び込んできた窓際だったのだ。

敵は前。退路は背後にある。

黒衣の男は暗殺者ではないので、このまま逃げることが最善の選択だ。

しかし、侍女がそれを許してくれるだろうか？　踵《きびす》を返《かえ》した瞬間、背後からざっくりやられたっておかしくない。

「…………」

動くべきか、動かざるべきか、決断に迷う黒衣の男は、自分を睨《ね》めつける侍女の眼光とぶつかった。

――退くなら退け。それでも来るなら今度は殺す。

その眼光は、暗にそう語っていた。

真意まではわからないが、逃げるならば深追いはしないということだけは、なんとなく察することができた。

「…………」

黒衣の男は、読み取った侍女の思考を信じることにした。もし読み間違っていたら背後から討たれることになるが、正面からやり合ったって勝てる見込みは低そうだ。

ならば、ここは信じて退くしかない。

黒衣の男は、飛《と》び退《の》くように窓の外へ飛び出した。


「賊め、逃げるか！」

「殿下」

窓の外へ逃げた黒衣の男を追いかけようとするマルスを、クリスの冷ややかな声が引きとめた。

「ご自身のお立場をわきまえてください。逃げた賊を追いかけるのは守衛の役目でございます」

「馬《ば》鹿《か》を言え！　こっちは命を狙われたんだぞ？　反王派の刺客だったらどうするんだ。捨て置けるわけないだろ！」

憤るマルスに、しかしクリスは落ち着いた声で「ご安心ください」と言い返した。

「あれは単なる泥棒です。元から殿下を亡き者にしようとは考えておりません」

妙に確信めいて断言するクリスの言葉に、マルスは首をかしげた。

「何故《なぜ》そんなことがわかる？」

「散々、手加減されておりましたでしょうに」

「……は？」

「ものの見事に誘導されて、いい具合に引きつけられておりました。ご自身でお気づきになってないのですか？」

「なっ、なんだって⁉」

クリスの指摘に驚きの表情を見せるマルス。初の実戦でもちゃんと戦えていたという自負が少なからずあったのに、その実、相手に手加減されていたという事実はショックが大きい。

「最初から殿下に危害を加えるつもりでしたら、今こうして私と話などできておりません。そのくらいの手練《てだ》れでございます」

おそらく金目のものを盗みにきた泥棒なのでしょう――と、クリスが言葉を締める頃には、マルスの肩がぷるぷると震えていた。

事実とはいえ、さすがに卒直に言い過ぎただろうか。事実ならどんなに厳しくとも素直に受け入れるマルスでも、侍女から言葉を飾らずに「武力で劣ってる」などと言われれば、自尊心が大いに傷つくことだってあるかもしれない。

「えー……殿下、あまり気になさらずに。殿下には――」

「凄《すご》いな、あの賊！　そこまでの実力なのか⁉」

「あ、はい」

どうやら慰めなんて必要なかったらしい。マルスは別に落ち込んでいるわけでもなく、ただ純粋に感激していた。

「ふむ……非合法ではあるが、実力はクリスの折り紙つき、か。……面白い」

独りごち、マルスは口角をくいっと吊《つ》り上《あ》げた。

「クリス、あの賊の正体を探ってくれ」

「……は？」

思わぬ主の命令に、クリスは不穏な空気を感じて嫌な顔をした。

「探って、どうなさるおつもりですか？」

「興味が出た。わざわざ王宮に忍び込み、盗みを働こうとした度胸と、剣の腕前はなかなか見込みがある。事と次第によっては使えるかもしれない」

「……かしこまりました」

いったい何を考えているのか、主の考えを推し量ることのできないクリスだが、その嬉々《きき》とした表情を見る限りでは単なる暇つぶしや興味本位とは違うらしい。

あれこれ言いたい言葉を呑《の》み込《こ》んで、クリスは恭しく頷いた。

3

ディアモント王国の城下町、その中央にある大通りから道を一本脇に逸《そ》れたところに、一軒の食堂がある。昼はランチを、夜になれば酒も提供するその店は、格安で美味い料理を腹一杯楽しむことができる大衆食堂だ。

そんな店の名は〝麗《うらら》かな春の日差し亭〟。地元住民に愛されて、およそ百年は続く老舗《しにせ》食堂だった。

そんな老舗食堂の店内は、昼のランチタイムが終わって中休み――夜に向けての仕込みが始まって、店の従業員だけになっていた。

「はあぁ～～～～……………」

そんな中休みの店内に、深く重い鉛のようなため息が響き渡った。男が一人、がらんとしたホールの隅っこのテーブルに突っ伏している。

黒髪に男性ものの給仕服。突っ伏しているので顔は見えないが、年の頃なら二十代になっているかいないか、といったところだろうか。

その装いからもわかるように、彼はこの店の従業員だった。

「やらかした～……久しぶりにやらかしちまったぜぇ～……」

昼のランチから――いや、そのもっと前、それこそ店が開店する前から、男は同じ姿勢で同じような台詞《せりふ》をずっと繰り返している。

「ちょっと店長！　アダム店長！　そこ邪魔だから退いてほしいんだけど？」

そんな突っ伏している男――アダムを〝店長〟と呼び、座っている椅子《いす》をつま先で蹴飛ばしているのは、栗《くり》色の髪に眼鏡をかけた女性の給仕だった。

名前はアズライ＝オブシディアン。皆からは〝アズィー〟の愛称で呼ばれている、麗かな春の日差し亭の看板娘だ。

「ああ、アズィー……俺はもう駄目だ……やっちまったよぉぉう」

「うーわ、今日はいつにもましてウザいわね……」

嘆き節のアダムに、アズライは心底面倒臭そうな表情を浮かべる。客には愛想良く振る舞うが、身内には容赦がない。

「あのさ、ヘコむなら部屋に戻って一人でやっててくれないかしら？　お店の中でやられると、邪魔なことこの上ないんだけれど」

「だってよぉ……俺の失敗で、おまえらにまで迷惑がかかるかもしれないし……」

「そのときはあなた一人を切り捨てて、あたしたちは知らぬ存ぜぬで押し通すわよ」

「おまえ、ひどいな⁉　俺たちは一蓮托生《いちれんたくしょう》だろ？　仲間じゃないか！」

「その仲間を放っておいて、一人で勝手なことやって下手を打ったのはどこの誰？」

「うぐぅ……っ！」

アズライの言い分に思い当たる節が多分にあるアダムは、唸ることしかできなかった。

そんなアダムの姿に溜飲《りゅういん》が下がったらしいアズライは、少し態度を和らげた。

「だいたい、そんなに心配しなくても平気よ。顔は隠していたんでしょう？　いくらなんでも、それで正体がバレることなんてないわ。よしんばバレたとしても、昨日の今日でここまでたどり着くことなんてないわよ」

「そ、そうか……？」

「当たり前でしょ。魔法を使ったって、少なくとも一日で店長のところまでたどり着けるわけないって、あたしが保証してあげる」

「そ、そうか……？　うん……そう、そうだよな！」

アズライからの力強い断言に、萎《しな》びた根菜みたいにしおしおになっていたアダムの表情が、みるみるうちに生気に満ちた顔に戻っていった。

「多少、ごたついたことは事実だが、身バレするようなことは何もしてないしな！」

「そうそう！　大丈夫、大丈夫」

「だよな！　よぉ～し、ちょっくら店先の掃除してくるわ！」

励ますようなアズライの言葉で気分が上向きになったアダムは、ヘコんでいて何もしていなかった午前中の体たらくを挽回《ばんかい》すべく、率先して店先の掃除をしようとした――そのときだった。

「邪魔をするぞ」

突然、『仕込み中』の看板を無視して店の扉が開き、男と、その連れらしい女が中に入ってきた。

「あ、すいません。今は休憩中で——」

外に掃除へ出ようとしていたアダムが断りを入れようとしたが、その言葉が途切れた。

「む」

一方で、中休み中の店内へ傲然《ごうぜん》と入り込んできた男の方も、アダムの顔を見て唸った。

いや、どちらかといえば合点がいったように頷いた。

「で……でっ、でん、か……？」

その顔を、この国で知らない者はいない。国家の象徴たる一族の第一王子にして王位継承権第二位というマルス＝ディアモント殿下のことは、多くの人に——それこそ子供にだって知られている。

当然ながら、そんな立場の人間はおいそれと町中を歩くことはない。たとえ町民と同じような装いをしていても、ふらふらと出歩こうものなら目立って仕方がないはずだ。

何より、こんな大通りから一歩裏に入ったような場所にある大衆食堂に、ふらりと現れることなんて絶対にない……はずだ。

もし、そんな〝絶対にない〟が起こるとすれば、それはおそらく――。

「ああ、おまえだな。おまえが昨日、王宮に忍び込んだ盗っ人だろう？」

――疑うまでもなく、マルスはアダムを指さして断言した。

バレている。自分の正体が、昨日の今日であっさりとバレてしまっていた。

今さら改めて言う必要もないが、昨晩、漆黒の装いに鴉の仮面をつけて王宮に忍び込んだのは確かにアダムであり、マルスはそのことを一晩で調べ上げている。

「な……なんの、ことでしょう？　わたくしにはさっぱり存じ上げないことですが……ははは」

それでもこれは何かの偶然、あるいは当てずっぽうの言いがかりかもしれないと一縷《いちる》の望みに懸けて、アダムはごまかしてみた。

「そういうのはいい」

直後、マルスにバッサリ切って捨てられた。

「ほとんどのことは、うちのクリスが一晩で調べてくれた。おまえの名前はアダム＝ダイアン。年齢は二十代前半で、生まれは……孤児、だったか？　ここ『麗かな春の日差し亭』の前の主人に拾われ、その人物が亡くなると同時に後を継いだんだったな。それに併せて、一緒に受け継いだのが――」

アダムを睨《にら》むマルスの眼差《まなざ》しが、キュッと細くなる。

「――盗賊団〝闇の疾風《ブラック・ウィンド》〟……で、良かったか？」

マルスがその名を口にした途端、店内の空気が一変する。かく言うアダムも、直前までの「なんとかごまかそう」という苦笑いのような愛想笑いを引っ込め、殺気を滲《にじ》ませた鋭い表情へと変わった。

マルスはアダムの身の上のみならず、その所属する組織さえも把握している。いったいどんな手を使ったのか――いや、すべて把握されている以上、調べ上げた手段を詮索《せんさく》しても無意味だ。

今ここで考えなければならないのは、すべてを知っているマルスの処遇だった。

相手は一国の王子である。口封じに抹殺――などという手段を講じれば、国に喧嘩《けんか》を売るどころの話ではない、すべての国民から憎まれ、恨まれてしまうような、歴史上まれに見る極悪人になるだろう。

かといって、このまま捕まるわけにもいかない。今のこの国の状況を思えば、たとえ国家を敵に回すことになっても、今を切り抜けた方がいいのかもしれない。

ただ……強硬手段に打って出たとしても、それが上手くいくかどうかはわからない。

何しろマルスの横には、件《くだん》の侍女がいる。さすがにこちらは複数人だから負けるとは思えないが、それでも少なからず被害が出るだろう。それだけの手練れであることは、昨日の手合わせで実感していた。

(犠牲を覚悟するのなら――)

すべての発端は自分にある。そのことを、アダムはわかっている。

無傷で切り抜けることが絶望的な今、誰かが犠牲にならねばならないというのなら、その役目は自分をおいて他にない。

「――ッ！」

「待て」

意を決し、大きく息を吸い込んだ直後だった。まるで機先を制するように、マルスが待ったをかけてきた。

「こちらとしては、おまえたちを捕まえたり断罪したりする意思はない。クリス、おまえもあんまり殺気立つな」

「………………」

マルスの指示に、クリスは不承不承といった体で「失礼しました」と、あまり心のこもっていない言葉を残して後ろへと下がった。

「失礼した。何分、過保護なもので僕も困っているんだ」

「いったい……どういう、おつもりで……？」

軽口のように身内の愚痴をこぼすマルスに、アダムはその真意が読めない。絞り出すように疑問を投げた。

「もっと肩の力を抜いてくれ。僕はおまえに——おまえたちに、対等な立場での商談を持ちかけに来ただけだ」

「商談……？」

アダムが「ますます意味がわからない」とばかりに首を捻《ひね》れば、マルスはテーブルの一つを指さして「座っても？」と聞いてくる。

ここで意固地になって逆らっても意味がない。アダムは素直に頷いた。

「まだ状況が理解できない——という顔だな」

席に着いたマルスは、アダムに自分の対面へ座るように促しながら口を開いた。

「単刀直入に言えば『僕と手を組まないか？』という提案だ」

「……手を、組む……？　俺らが盗賊だと知った上で——と、いうことですか？」

「肩の力を抜けと言っただろ。もっとざっくばらんな態度で構わないぞ」

殿下に重ねてそう言われれば、アダムも腹を括《くく》るしかない。

「……つまり、闇の疾風を王家直轄にしたい——ってことか？」

「……闇の疾風についてては、昨晩の建国記念の祝典に来ていた貴族や商人連中から小耳に挟んでいる。今も活発に活動しているらしいな」

「…………」

それはマルスの皮肉なのか、それとも純粋に感心しているのか、どうもよくわからない発言に、アダムは沈黙をもって答えた。事実、闇の疾風は名ばかりの盗賊団ではなく、今なおその名を裏社会に響かせる第一線の盗賊団だ。

「それでいて、盗賊団としてはかなりの古参でもある。百年前の戦時中に誕生したとか？」

およそ千年の歴史を誇るディアモント王国といえども、その間、一切の争いもなく平穏に過ごしてきたわけではない。国内での騒乱、他国との戦争など、苦難の時代を幾度となく乗り越えて今日《こんにち》がある。

そんな苦難の時代で、人々の記憶にもっとも新しく残っているのは、今からおよそ百年前に起きた隣国のクウォール公国との戦争だろう。

戦争そのものはディアモント王国の勝利で終わり、クウォール公国は滅亡。領土と残された公国民をディアモント王国に組み込む形で終戦を迎えた。

だが、ディアモント王国にも被害がまったくなかったわけではない。クウォール公国側に二面作戦を展開され、主戦場の裏を衝かれてディアモント王国軍は国境を突破されてしまい、王国領土内にまで進軍させてしまったことがあった。

闇の疾風が誕生したのはその頃だと、マルスはクリスの報告で聞いている。

主戦場でディアモント王国軍が押さえ込まれ、突破された国境に迎撃部隊を派遣できない中、国民が自分たちの町を守るために結成した自警団がそれだ。

その有志たちの自警団によって国内での被害は少なく済み、戦争もディアモント王国の勝利に終わった。

だが、戦争の爪痕《つめあと》は深く大きかった。

復興から戦後の平和な時代に移り変わる中、世の中の流れに乗れなかった自警団の一部は平穏な生活に戻ることができずそのまま残り、今の闇の疾風へと繋がっている。

「そういう成り立ちもあって、闇の疾風は義賊と呼ばれているらしいな。悪徳貴族や商人のみを狙って盗みを働き、生活に困窮する市民に分け与えているとか……合ってるか?」

「そこまで調べ上げてるのかよ……」

マルスが語ったのは、今から百年も前の話であり、現在の団員の中ではそういう成り立ちを知らない者もいる。アダムも、育ての親であり先代の団長だった男から伝え聞かされていたことで、辛《かろ》うじて知っている話だった。

「だが、盗んだ金をそのまま市民にばらまいているわけじゃないんだろう?」

マルスは、麗かな春の日差し亭の店内をぐるりと見渡す。

「この店、かなり評判なんだって?　美味い食事と酒が、わずか千エンで飲み食いし放題だとか。どう考えても採算が取れない価格設定だ。なのに店は百年は続く老舗だというじゃないか。いったいどうやって利益を上げているんだ?」

「……すべて調査済みなんだろ?」

「ふふん」

苦々しく奥歯をかみしめるアダムを前に、マルスは不敵に笑った。

「おまえたちは盗んだ品をそのまま市民に分け与えるのではなく、この店の料理として振る舞っているんだろう？」

盗んだ品をそのまま分け与えても、これまで貧困にあえいでいた市民が急に小金を持つようになれば、いらぬ疑いの目も向けられてしまうだろう。

何よりそれは盗品だ。盗んだ所がどれほどあくどいことをしていても、盗品とわかれば回収されて元の持ち主に戻される。

だが、盗んだ品を『食料』という形に変えて振る舞うのであれば、どうか。

市民の腹は膨れるし、回収もされない。

衣食足りて礼節を知る――という言葉がある。人は身なりを整え、腹を満たしてこそ尊厳を持つことができるというわけだ。

身なりの方はともかく、闇の疾風は貧困にあえぐ市民が自暴自棄にならず、尊厳とまではいわずとも生きることに絶望しないように、せめて腹を満たすことで守ってきた。

「店に来られないような市民――孤児院とかそういうところには、支援の名目で食料とか贈ってるらしいじゃないか。たいしたもんだ。百年前から今日まで、義賊としての矜持がしっかりと受け継がれている……が、だとすれば昨晩、王宮に忍び込んだのはどういう理由があってだろうな?」

闇の疾風は悪徳貴族や商人が善良な市民から搾取して稼いだ金や品を奪い、それを〝食事〟という形で市民に戻している。

狙うのは、あくまでも悪党だ。善良な市民を襲うことはしない。

「身内びいきじゃないが、王家は義賊に狙われるほど市民から搾取していない。もしそんなことをしていれば、国民とて馬鹿ではない、今日のように敬愛される存在ではいられないだろう。昨晩の一件は、闇の疾風の仕事にしてはおかしい。どういうことかなぁ?」

「………………」

もうすでに調査済みだぞ、と言わんばかりのマルスを前に、アダムは悪さがバレた子供みたいに脂汗をだらだら流していた。

「おまえ、純粋に盗みに入っただろ?」

「スイマセンっした!」

直後、アダムは椅子から飛び降りて床の上に額をこすりつけんばかりに頭を下げた。紛《まが》う方なき立派な土下座だった。

「やっぱりそうか! 昨日の一件だけいつもの闇の疾風の仕事と違うから、もしやと思ってこの店の財政状況も調べさせたんだ! そしたらどうだ⁉ 盗んだ品は食料に換えてあちこちにばらまいて、自分の店は火の車……って、バカか! あげく、義賊の信念を曲げて自分のために王家に盗みに入るとか、マジでバカだね！　ホントおまえ、ばぁっかじゃねぇぇの⁉」

「く、くうううう……っ！」

　一国の王子から「バーカ、バーカ」と子供じみた罵倒をされても、すべて事実なのだからアダムは何も言い返せない。平身低頭で耐え忍ぶことしかできなかった。

「——しかし、まぁ」

　アダムを散々罵倒してすっきりしたのか、マルスは話を本題に戻した。

「昨晩、王宮に忍び込んで盗みを働こうとした一件はともかく、闇の疾風がこの百年やってきたことは評価に値する。民を守ろうとする気概は本物だと、僕は認めよう——が、王宮に盗みに入るような真似をしていると、遅かれ早かれ潰れるぞ」

　悔しいが、マルスの言うことはいちいちもっともだ。〝民のため〟という言葉を口実に、信条を捨ててしまえばただの悪党に成り下がる。闇の疾風がやっていることは、どんな言葉で言いつくろっても略奪であり犯罪なのだ。

「だからって……なんで王家の第一王子が直々に文句言ってくるんだよ。いったい何が言いたいんだ？　てか、何がしたいんだよ、王子様は」

「だから最初に言っただろう？　対等な立場での商談だ——と」

「商談……って、俺たちに何か依頼しようってことか？」

「それなら〝依頼〟と言うさ。そうでなくて商談。つまり――」

マルスが指を鳴らすと、側に控えていたクリスがテーブルの上に人の頭ほどに膨らんだ麻袋を置いた。

「――この店を、闇の疾風《じゅうぎょういん》ごと僕に売ってくれ」

「んなっ……!?」

予想もしなかったマルスの申し出に、アダムは面食らった。開いた口が塞《ふさ》がらないというか、どんな悪い冗談だとさえ思った。

よりにもよって国家の象徴である王家の人間が、王位継承権こそ第二位ながらも第一王子のマルス殿下が、盗賊団の巣窟《そうくつ》である食堂を買収しようとするなんて、笑うに笑えない。

しかしマルスは嘘や冗談で買収を持ちかけたわけではないらしい。クリスがテーブルの上に置いた袋の中には金貨が大量に入っており、「手付金として一千万エン。最終的に合意した場合はプラス四千万エン。合計で五千万エンで買い取らせてほしい」と言い出した。

かなり本気だった。

「いや……いや、ちょっと待て。待ってくれ！　店を買い取る？　従業員ごと!?　いったい何を企《たくら》んでいるんだ!?」

「僕は、この国を本当の意味で民の手に渡したい」

「……は？」

「この国は人が死ぬような争いこそ今はないが、だからといって民が幸せかといえばそうじゃない。良くも悪くも一部の富裕層だけが肥え太り、それ以外は食うのにも困るような状況にある。それを正すためには、綺麗事を叫ぶだけじゃ意味がない。なんらかの行動に出る必要がある」

　しかし、ディアモント王家は他国の王家が持つような権力のほとんどを放棄し、今や象徴だというだけでなんの力もない。声高に民の生活を改善するように叫んだところで、富裕層が支配する政治の場では受け入れられないだろう。

「だからこそ、非合法であっても民を守るために行動できる〝剣〟と〝盾〟が、僕には必要なんだ」

「……そのために、俺らを王家直轄の盗賊団にしようってことか？」

「いや、違う。僕個人の私設盗賊団だ」

　マルスは第一王子だが、王位継承権が第二位なのは周知の事実である。ということは、将来的に王家の分家へ養子に出るか、余っている領地を治めるか、王家ときっぱり縁を切って平民になるか、そのいずれかを選ぶときが来る。

　その際に、闇の疾風が〝王家直轄〟などという立場になっていれば、マルスがいなくなったときに、彼らは王家の中における〝後ろ盾〟というものを失ってしまう。

だからこそ、闇の疾風はディアモント王家とまったく関係なく、マルスが個人的に雇っている私設組織であった方がいいのだ。

「早い話、僕がこの店の――ひいては闇の疾風という盗賊団の支援者になる。その分、おまえたちは僕の意向を汲《く》んで〝仕事〟をしてもらいたい。その条件を呑むのなら、少なくとも小銭稼ぎの盗みなんてしなくて済むように、僕がしてみせよう」

マルスは、アダムに向かって握手を求めるように手を差し出した。

「僕のものになれ、アダム＝ダイアン」

「そんなの、お断りだね」

アダムは、考える素振りも見せずにマルスからの〝商談〟を突っぱねた。

「それってつまり、俺たちを殿下の都合のいいように利用しようって話だろ？　冗談じゃない。どこの世界に、人に言われて盗みを働く盗賊がいるんだよ」

「別に僕の言いなりになれと言ってるわけじゃない。こちらから標的の提示もさせてもらうが、それを受けるか否かは今までどおり決めればいい。単純に言えば、僕も闇の疾風の一員になるというだけの話さ」

「だからってな、こっちは今まで自由にやってきたんだ。王家の人間なんて加えようものなら、いろいろしがらみができちまうだろ」

「話のわからん奴《やつ》だな。王家のことは関係ない。僕個人として支援すると言ってるじゃないか」

「そうは言っても、あんたはディアモント王国の第一王子ってことは変わらないんだ。本人が『関係ない』っつっても、余所《よそ》から見れば——痛っ⁉」

断固拒否の態度を見せていたアダムだが、ぱこーん！ と後頭部をお盆で引っ叩《ぱた》かれて話半分で無理矢理黙らされてしまった。

「何をつまんない我《わ》が儘《まま》言ってるのよ、店長」

「ってぇな、アズィー！ 何しやがる⁉」

「うちがガチで火の車なのは事実じゃない。すべてをわかった上で支援してくれるっていうのなら、こんな有りがたい話はないでしょう？」

「だからっておまえ、王家の人間を闇の疾風《うち》に加えるってのか⁉ そんな興味本位のお遊びで加わられてたまるか！」

「殿下が興味本位のお遊びだと、本当に思ってるの？ 今の状況で一千万、最終的には五千万も出すのよ？ お遊びとか興味本位で出せる金額じゃないでしょう。殿下は本気よ。ですよね？」

「もちろん」

アズライに話を振られたマルスは、迷うことなく頷いた。

「買収のために用意したこの金だって、僕の全財産といっても過言ではない。将来的に野に下る際の支度金を、無理言って引っ張り出してきたんだ。王家の人間だからって、こんな大金をおいそれと動かせると思わないでもらいたいな」

「ですって」

「いや、金の問題じゃなくて――」

「金の問題でしょ。だったら店長、未払いの先月分の賃金、いつ渡してくれるのよ」

「うっ……！」

それを言われると、アダムも返す言葉がない。実際、従業員――闇の疾風の団員たちに、麗かな春の日差し亭で働いてもらっている分の賃金さえ払えないほど、今の財政状況は逼迫《ひっぱく》していた。

「あたしとしては、殿下がすべてわかった上で支援や協力をしてくれるっていうのなら、こんな有りがたい話はないと思うけど。ねえ、みんなはどう思う～？」

ここでアズライは、調理場などで仕込みをしている作業員たちに声をかけた。彼らもまた、闇の疾風の団員でもある。

直後に「異議な～し」とアズライに同意する声がいくつも飛んできた。むしろ否定的な返事はゼロである。

「そういうわけで、我々闇の疾風は多数決により、殿下の支援を喜んで受け入れさせていただきます」

「おっ、おい！」

それでもアダムは抗議の声を上げるが、事ここに至り、もはや誰もその声に耳を傾けることはなかった。

「それでは殿下、今後とも是非、よろしくお願いいたします」

「こちらの提案を受け入れてくれて感謝する。ただ、殿下と呼ぶのはよしてくれ。これからは僕もキミたちの仲間になるのだから」

「あら、それでは……そうですね。お店の資金とか出していただける支援者なのですから、支配人《オーナー》という感じでしょうか」

「そういうことになるのかな？　給仕も料理もできないから、経営の方で尽力しよう」

朗らかに笑顔で握手を交わすマルスとアズライ。

「……マジかよ……」

麗かな春の日差し亭の店長であるはずのアダムは、その光景を信じられないものでも見るかのように眺めることしかできなかった。

第二話　新装開店、麗《うらら》かな春の日差し亭

1

ディアモント王国の第一王子であるマルス＝ディアモントが、城下町にあるしがない飲食店『麗かな春の日差し亭』の支配人になった——という話は、幸か不幸か表だって目立つような話題にならなかった。

それだけ国民の関心がマルスに向いていないのか、はたまた不思議な力で情報統制でもされたのか、どちらにしろ今日の麗かな春の日差し亭は、これまでと変わらぬ程度に繁盛していた。

ただ、その〝変わらぬ程度に繁盛していた〟ということが問題なのだ。

「このままじゃ潰《つぶ》れるな」

麗かな春の日差し亭の倉庫三階に設けられた事務室で、マルスは店長のアダム＝ダイア

ンにそんな不吉なことを言い切った。

「だから、改革しようと思う」

「いやいや、ちょっと待ってくれ」

突然呼び出されてそんなことを言われたら、さすがにアダムも黙っていられない。

「うちの方針には口出ししないって言ってたよな？」

約束が違うといわんばかりに文句をつけたら、マルスは確かにそのとおりと頷《うなず》く。が、続けて「それはキミらの信条に関してだ」とも言い足した。

「店の経営に関しては別だぞ。赤字続きの状況をこのままにしておけば、遠からず潰れるのは明白だ。そうなれば、どんなに尊い理想や使命があっても、実現できるわけがない」

「むぅ……」

悲しいかな、マルスの言いたいことがアダムには理解できてしまう。何しろ、以前まではアダムが店の経理も管理担当していたからだ。

当然、店がどういう状況なのか、教えられるまでもなく知っていた。

「……じゃあ、どうするんだ？」

「だから、改革できるところは改革していくんだ」

そう言って、マルスはおもむろに席を立った。

事務室を出たマルスとアダムが向かった先は、事務室の真下――麗かな春の日差し亭の倉庫だった。食堂の倉庫といえば、食器や滅多に使わない調理器具、ナプキンなどの消耗品、それに保存の利く食材や調味料、酒類を置いておく場所だ。

そう考えれば広さとしてはちょっとした個室程度で事足りるような気もするが、事務室が倉庫の三階にあるということは、一階と二階が倉庫として使われていることは想像に難くない。

いくらなんでも広すぎる。

「いったい何をため込んでいるんだ？」

「そりゃもちろん、仕事で使うものさ。詳しくはここの管理者に直接聞いた方が早い」

「管理者？」

それはおまえのことじゃないのか――と疑問に思うマルスだが、アダムは百聞は一見にしかずとばかりに、先んじて倉庫の扉を開いた。

「邪魔するぞ」

中に入ると、まるで図書館の本棚のように食料棚が整然と並んでいた。食料はどれもこれも木箱の中に納められており、取り出すまでもなくわかるように〝芋〟とか〝人参《にんじん》〟など、中身を示すラベルが貼《は》られている。

そんな倉庫の中が思っていたよりも明るく、それでいて肌寒さを覚える程度に気温が低いのは、天井に明かりを生むランプや室温調整する空調用の魔導具が、いくつも並んでいるからだろう。

そこに、小さな人影が一つ。

「あれ⁉　アダムじゃん。クビになったんじゃないの？」

マルスとアダムを目聡《めざと》く見つけ、声をかけてきたのは見た目も若い——若すぎる少女、だった。

「まさか……この女の子が倉庫の管理者なのか？」

「誰が女だ、こら！」

にわかに信じられずに確認を取るマルスの言葉に、倉庫の管理者は琥珀色《こはくいろ》の瞳《ひとみ》を吊《つ》り上《あ》げて怒鳴りつけてきた。

「こいつはエメラダ＝ベリル。うちの仕入れ全般を担っている倉庫の管理人で、見てくれはこんなだが歴《れっき》とした男だ」

「お、男の子だったのか……！」

アダムから紹介されて、マルスは思わず唸《うな》った。

透き通った白い肌に銀色の髪を見ると、あるいは色素が薄いのかもしれない。線の細い身体に整った顔立ちは女性的——いや、中性的だ。

それでも本人やアダムが「男だ」と言うのなら、そうなのだろう。生命の神秘を垣間見《かいまみ》た気分である。

「今度女と間違えたら、王子様でも許さねぇからな！」

鼻息を荒くしながらも握手を求めて右手を差し出してくるあたり、背伸びがしたい子供そのものだ。憎まれ口を叩《たた》かれたマルスも、怒るよりは微笑《ほほえ》ましく感じている。

「……試みに聞くが、キミはもしかして、見た目とは裏腹に僕らと同じくらいの年齢なのか？」

差し出された右手を握り返しながら尋ねれば、エメラダは「今は十二歳」と答えた。

見た目や態度そのままの年齢だった。

となると、麗かな春の日差し亭の仕入れは十二歳の少年に任せっきり——ということでいいのだろうか。

いろいろと問題が多すぎて、何をどう言えばいいのかわからない。

「おい、俺の年齢を聞いてバカにすんなよ」

マルスがなんともいえない微妙な表情を浮かべていたからだろうか、またもやエメラダは憮然《ぶぜん》とした表情になった。

「これでも、そこいらの大人よりマシな仕事をしてるって自信はあるんだからな」

自己評価ほど信用できないものはない。マルスが確認を取るように隣のアダムを見やれば、嘘《うそ》じゃないとばかりに頷いてみせた。

「エメラダは表の仕事で使う食材の仕入れはもちろん、裏稼業の魔導具全般の整備や改造も行う魔法使いなんだよ」

「なんと……！」

さりげなく言い放たれたアダムの一言には、マルスも驚目した。

魔法使いといえば、魔導地脈《マナ＝ライン》と名づけられている世界を巡る魔法の源に直接干渉できる技能者のことだ。今の世の中は魔導具の発展、発達によって人々の生活が安定していることもあり、魔法使いはそれら魔導具を作ることで生計を立てるのが常である。

当然、そこには多くの知識と技術が必要で、〝魔法使い〟と名乗れるようになるまでには長い修練が必要となる。それなのに、わずか十二歳で、自他ともに魔法使いだと認められているのは相当なものだ。

マルスも一時期魔法について学ぼうと思ったこともあるのだが、結局、身につかなかった。それを考えると、エメラダという少年はこと魔法に関しては〝天才〟という部類に入るのかもしれない。

「なるほど……この倉庫には、食堂の器具や食材以外にも裏稼業で使う魔導具が保管されている、というわけだな」

「そういうこと」

答えたエメラダは、手近にある野菜の入った木箱を一つ引っ張り出して床に置き、側面をぐっと押し込んで持ち上げた。

ぱこん、と底が抜ける。いや、二重底になっていた。

中に入っていたのは、もちろん魔導具である。筒状の形を見るに、何かしら魔法の効果を撃ち出す武器のようだ。

「……もしかして、ここの倉庫にある木箱は全部、こういう風に？」

「まぁね」

悪びれもせず頷くエメラダに、マルスはどういう反応を返していいのか迷った。

魔導具は用途さまざまに存在し、日常生活をより快適にするものから殺傷能力を持つ兵器まである。

そんな中、武器系の魔導具は扱いが難しい。国によって異なるが、ここディアモント王国では特別な許可でもない限り、一般人が武器系の魔導具を所持することは王国法で禁じられていた。

となると、木箱の二重底に隠されていた魔導具は、当然〝違法品〟ということになる。

国家の象徴である一族に身を置くマルスとしては、違法品が山ほど転がっているこの状況は頭が痛いものだった。

「この国の治安隊は何をやってるんだ……」

「とかいっても、これが露見すれば支配人《オーナー》だってお縄にかかるんだからな」

「わかっているさ」

それは確かにエメラダの言うとおりで、マルスも今や盗賊団〝闇の疾風《ブラック・ウィンド》〟の一員だ。この倉庫の中身が露見すれば、王家の人間だろうと関係なく罪に問われるだろう。

無論、そうなった場合は闇の疾風の一員として、運命をともにする覚悟もできている。

マルスは自分だけ罪から逃れようなんてことは考えてはいなかった。

「しかし、魔法使いならば倉庫の番人なんてしているのはもったいないな。年は若いが、その分、もっといい働き口が見つかりそうなものだが……？」

魔法使いは魔力を扱える特殊技能者であり、今の世の中には必要不可欠の存在だ。若くしてその技術を習得しているとなれば、わざわざ裏稼業に手を染めずとも働き口ならいくらでもあるように思える。

「俺はアダムと一緒なの」

「というと？」

「エメラダも孤児なんだよ」

補足するように口を開いたのはアダムだ。

「五年くらい前だっけか？　うちから食い物を盗もうとしたところを捕まえたんだ」

「食い物を？」

「そこから紆余曲折《うよきょくせつ》あって、どうやら魔法使いの素質があるらしいってことで、給仕のアズィーに師事して今に至る――というわけだ」

もの凄《すご》く簡単に話を締められてしまったが、マルスはかなり深刻な問題だと思った。

アダムの言う「五年くらい前」というのは、つまりエメラダが七歳のときだ。七歳の子供が、その日に食べるもののために盗みを働かねばならなかった――ということでもある。

その事実に、胸が痛む。

この国は、それほどまでに貧しているのかと、見たくなかった現実をまざまざと見せつけられた気分になった。

「……まぁ、事情はわかった。けどそれは、キミがここで働いている事情だ。なんで倉庫番なんだ？　仕入れを担当している――それも、その責任者となれば、取引先との交渉とかもキミがするんだろ？」

「ふふん。大人には支配人みたいな奴《やつ》が多いから、逆に楽だったりするんだぜ？」

エメラダ曰《いわ》く、取引先の大人はエメラダを見ると「子供じゃないか」と驚き、商談に入れば思い切りふっかけてきたり、逆に割り引きしてくれたりするらしい。

割り引きをしてくれる分には問題ない。そのまま子供の振りをして、有りがたく優しさを享受するだけだ。

逆にふっかけてきた場合は、他店の値段を引き合いに交渉すると「子供なのによくわかっている」と感心されて、いい値段に落ち着くことが多い。商品の一般価格を勉強して把握しておくのは大人なら当たり前のことかもしれないが、子供《エメラダ》がやっていると甘くなるようでチョロいのだそうだ。

「それに、ここには魔導具もあるだろ？　その整備や改造も俺の仕事ってわけ」

「改造？」

「魔導具の仕組みは知ってる？」

「魔導回路《マナ＝サーキット》で動くことは理解しているが……」

魔導地脈から魔力を抜き取り、魔法を行使できるのは魔法使いだけ――というのは昔の話。今では、魔導具を使うことで誰でも魔法使いと同じことができるようになっている。

それを可能にしたのが〝魔導回路〟だ。

たとえば、ロウソクの明かりと同じ光量の光を魔法で灯《とも》す場合、駆け出しの魔法使いでも伝説に名を残すような魔法使いでも、描く魔法陣と魔導地脈から取り出す魔力の量は変わらない。

逆を言えば。

特定の魔法陣を描き、魔導地脈から魔力を取り出すことができれば、魔法使いでなくとも光の魔法が使える――ということになる。

つまり魔導回路とは、魔法使いの代わりになるものだった。

「俺はその魔導回路に手を加えて、仕事で使えるように改造してるの」

「そんなことができるのか？」

「楽勝だっつーの。ほら、たとえばここの倉庫の明かり。既製品の発光器よりも明るいと思わねぇ？」

「言われてみれば、確かに……」

倉庫には窓がない。にもかかわらず、中は昼間の外と遜色《そんしょく》ないくらい明るかった。

それは天井についているいくつもの発光用の魔導具が明かりを灯しているからだが、こんな昼間と大差ない明るさを放てるなら、国内の夜はもっと明るいはずだ。

「これはな、魔導回路の中枢である魔法陣の意味を詳しく読み解いて、そこに魔導地脈から取り出している魔力の量との調整をしてだな――」

「あー、わかったわかった。ここがキミにとって適材適所というわけだな」

マルスはエメラダの話を遮って納得の姿勢を見せた。魔法に関わる専門的なうんちくは、またの機会にしてもらいたい。

「ようやくわかってくれたか。子供だからって甘く見んなよ！」

「肝に銘じておこう。それはともかくとして、ここ最近の仕入れに関する帳簿を見せてくれ。魔導具の仕入れや整備に関するものも、あるなら見たい」

「え、なんで？」

不意な申し出に、エメラダが怪訝《けげん》な表情を見せた。

「支配人として店の収支を把握しておくのは当然だろ？」

そういう風に言われてしまえば、エメラダも嫌とは言えない。アダムに確認を取るようにちらりと目を向けると、頷き返された。

やはり支配人の肩書を持っていても、エメラダにとっては新参者のマルスよりアダムの判断を優先させてしまうようだ。そのあたりの割り切りができないところが、まだまだ子供である。

エメラダは倉庫の奥に引っ込むと、白い表紙と黒い表紙の帳簿を二冊持って戻ってきた。

「こっちが食堂用、こっちが裏稼業用。裏稼業の方はものがものだし、領収書なんてあるわけないから、備忘録みたいな感じで自分で書いてるヤツな」

そう言って手渡された食堂用の白帳簿には、業者からの正式な領収書が貼りつけられており、裏稼業用の黒帳簿はまるで個人の家計簿みたいに購入品目と値段が手書きで書かれてあった。

「ふむ……」

ざっと見たところ、エメラダ自身が言っていたように食材も魔導具も足下を見られていることはなさそうだ。マルスの貨幣感覚からも、そこまで法外な値段で取り引きしているようには見えない。

ただ、問題がないわけでもない。

「単価はともかく、一回に仕入れている量がやっぱり多すぎるだろ」

穀物や根菜、肉や魚に至るまで、入荷量が店の規模に合っていない。これですべて使い切れているのなら問題ないのだが、倉庫の中身の充実っぷりを見る限りでは、余剰在庫を抱え込みすぎているとしか思えない。

「これじゃ使い切れずに廃棄する食材も多いんじゃないか？　このあたりの無駄を、まずはなくしていかなくちゃ駄目だろ」

「いやいや、これにも理由があってだな……」

至極もっともなマルスの指摘に、異を唱えたのはアダムだった。

「うちの備蓄食料は有事の際に配る非常食の役割も兼ねてるんだよ」

「有事の際の……非常食？」

アダムが言うには、麗かな春の日差し亭の食料は普段こそ食堂で使っているが、天災や人災が起きた際に支援物資として無料で外部に放出するらしい。そのため、常日頃から多めに食料をため込んでいるようだ。

「うーん……」

そんなアダムの言い分に、マルスは唸った。なんだか少し、ズレていると思ったからだ。

「その志は立派だがな、それをこの店がやる必要があるのか？」

闇の疾風が誕生した経緯を思えば、万が一のときに備えて食料をため込んでおきたいと思う気持ちはわからなくもない。

何しろ当時は戦時中だ、生き抜くために食料と水の確保が何よりも重要だったことはわかる。そのときの感覚で備蓄を始めたのが過剰在庫の始まりなのだとしたら、「それは違う」とマルスは言いたい。

「今はもう、この国は戦争が起きる状況でもないし、天災が起きたとしても行政が動く。この店が、わざわざ赤字を負ってまで国民のために備蓄しなくても大丈夫だろ」

「いやでも、万が一ってことが——」

「あのなぁ」

なおも食い下がってくるアダムに、マルスは嘆息した。

「〝民のために〟とか〝民を守る〟って志は立派だ。僕も異論はない。ただ、これだけは覚えておけ」

マルスは、アダムの胸元に指を突き立てて断言する。

「誰かを、何かを守ろうとする守護者は、決して倒れてはならん。矛盾しているようにも聞こえるが、如何《いか》なるものを犠牲にしてでも立ち続けねばならんのだ」

「おまえ、それは――」

　声を荒らげそうなアダムを右手で制し、マルスは言葉を続けた。

「鉄壁の盾に穴が開いたらどうなると思う？　その背後で守られている者は皆殺しにされるぞ。闇の疾風を人々の〝盾〟と思うのであれば、その覚悟を持つべきだ」

「ん……むぅ」

　アダムが悩むかのような顔つきになるのを見計らって、マルスは「そういうことで」と口調を明るく変えた。

「現時点において、麗かな春の日差し亭は崩壊の危機にある。その危機を脱する一案として、食料の廃棄を減らすためにも入荷量を調整すべきだと、僕は主張する。どうだ？」

「……わかったよ」

　マルスの結論に、アダムもお手上げとばかりにその提案を受け入れるしかなかった。

「ではエメラダ、今後の仕入れに関しては入荷量を調整しよう。一日で使い回せる分というのが理想だな。そのあたりのことは、後でもう少し相談させてくれ。いいな？」

「まぁ、俺は単なる下っ端だしね。上がそう決めたならそれでいいよ」

　エメラダは特に反対も難色を示すこともなく、マルスの提案を受け入れた。

2

倉庫を後にして、マルスとアダムが次に向かったのは食堂だった。

「まさか、うちの飯にまでケチをつけるつもりか？」

食堂に行くと言い出したのはマルスである。納得したとはいえ、倉庫での一件があったアダムは、またぞろこれまでの流儀に反することでも言い出すんじゃないかと気が気ではなかった。

「ケチをつけるも何も、僕はまだ麗かな春の日差し亭の料理を口にしたことがないんでね。だからこの目で見て舌で味わっておきたい――というのが一番の理由かな」

「一番……ねぇ」

では二番目、あるいは三番目までも文句があるんじゃないのか？　と皮肉りたくもなったが、藪蛇《やぶへび》になりそうなので黙っておいた。

「じゃあ、その一番の理由ってのを先に味わえよ。昼飯はまだだろ？　食堂も今は昼休み中だし、賄いがあるはずだ」

店内に入れば、営業中の賑《にぎ》やかさとは打って変わって静かなものだった。といっても、まったく人がいないわけではない。

店内の真ん中にテーブルを寄せ合わせ、大皿に盛られた料理を小皿に取り分けて食べているのは、二種類の衣装をまとった複数の男女。

すなわち、料理人たちと給仕たちだ。

「あら、支配人と店長」

そんな給仕の一人、アズライ＝オブシディアンがマルスとアダムの二人を目にして声をかけてきた。

「お昼まででしょう？　一緒に食べましょ」

アズライはマルスとアダムのためにそそくさと席を移動し、大皿に盛られた料理をテキパキと小皿に取り分けてくれた。その一連の動作が実に自然というか、常日頃からそういうことをするのが当たり前と思っているようで、そつがない。こういう〝世話焼き〟の一面こそが彼女の性分なのだろう。

「アズライさん、殿下の料理は私が取り分けますので」

そう言ってアズライが取り分けた料理を下げたのは、同じ給仕姿のクリスだった。今日は——いや、おそらく今後もだろうが、マルスの近衛《このえ》侍女である彼女は、主の命により、朝から麗かな春の日差し亭でアズライと同じく給仕として働いていた。

「あらなぁに、クリスちゃん。愛《いと》しの殿下にご飯をよそうのは自分の仕事！　とか言い出しちゃう？」

「別に愛しくはないですが、概《おおむ》ねそのとおりです。慣例として、王家の方々が口にする食事は付き人が毒味をしたものと決まっておりますので」

「毒なんて入ってるわけないでしょ。そもそも、あなただって同じ大皿の料理を食べていたじゃない」

「ですから念のためです」

頑《かたく》なな態度のクリスに、アズライも少し口をへの字に曲げた。

「あのねえ、いくら賄いって言っても飲食店で出てきた料理を毒味するって、いくらなんでも失礼でしょ、それ」

「私とて本当に毒が入ってるとは思っておりませんが、立場上、そうせざるを得ないだけです。あまり突っかかってこないでください」

「はぁ？　そっちこそ、あんまり失礼なことを言わないでもらいたいわね。侍女が尊大な態度を取ってると、王家の質も下がるわよ」

「なんですって……？」

「あら、なぁに？」

「…………」

「…………」

一触即発の雰囲気を身にまとって眼差《まなざ》しをぶつけ合う二人に、他の従業員たちがそろり

と静かに離れていく。巻き添えを食らったらたまらない。

「なんだおまえたち、仲が悪いのか？」

そんな殺気立つ二人へ、マルスは二人が言い争う発端になった賄い料理をアダムに取り分けてもらい、美味《おい》しそうに食べながらまったく空気を読まずに声をかけた。

「殿下、何を勝手に食べているんですか⁉」

「何って、腹が減っているからに決まっているだろ。おまえも言い争ってないで食ったらどうだ？　美味《うま》いぞ」

「…………」

言葉どおりに、本当に美味しそうに賄いを食べているマルスの姿に、クリスはなんとも言えない苦々しい表情で睨《にら》みつけることしかできなかった。視線だけで人を殺せないのが口惜しい——そんなことを考えていそうな眼差しだった。

「ぷぷぷ。慣例とかなんとか言っちゃって、当の王子様にさえ袖《そで》にされてるんじゃない」

「てか、おまえも煽《あお》るなよ」

くすくす笑うアズライを、アダムが軽く小突いて窘《たしな》めた。

「いちおう給仕長だろ。新人さんには優しく接して教えてあげるのが、上に立つ人間の役目だ。それができないっつーならおまえ、減給して降格すんぞ」

「えぇっ、何それひどい！　横暴だわ！」

「従業員の業務態度に応じて賞罰与えるのは当然だと思うんですけどね、俺は」

「そんな権限、今の店長にあるのかしら？」

「あるよ！　あるに決まっててんだろ！　店長さんですからね、俺は!?　ええっと……あるよな？」

最初こそ自信満々だったアダムだが、途中で不安になったのか、支配人《マルス》におずおずと確認を取ってみた。

「まぁ、そうだな。現場を見ている店長からの提案があれば、賞罰を出すことも考えなくはない」

「ほら！」

「はぁ〜……わかったわよ」

アズライはどこか面倒臭そうに、ため息を吐いて頷いた。なんだか必死なアダムに気を遣ったのかもしれない。

「それにしても、この店の料理は噂《うわさ》どおりに良い味をしている」

アダムたちが賑やかにしている間も、黙々と賄い料理に舌鼓を打っていたマルスが感心したように頬《ほお》を緩める。人間、どんな地位や立場にあろうとも、美味しいものを食べれば自然と笑みがこぼれるものらしい。

「うちの店の料理は百年前から続く秘伝のレシピだって、料理長《シェフ》が言ってたぜ」

マルスからの素直な賞賛が嬉《うれ》しいのか、アダムがそんなことを教えてくれた。

「ほう。それで、その料理長というのはどこに？」

「今は夜に向けての仕込み作業中」

アズライがスプーンで調理場を指し示す。

「それでは少し、挨拶《あいさつ》をしてこよう。アダム、仲介を頼む」

「えっ？　俺まだ食ってないんだけど……」

「後にしてくれ」

有無を言わさずに席を立って調理場へ向かうマルス。立場上、勝手にどうぞとそのまま放置して遅い昼食を取っているわけにもいかず、アダムは泣く泣く後を追いかけた。

「失礼する」

マルスが調理場へ足を踏み入れれば、そこには壮年の男性が一人、黙々と包丁を振るって牛肉の下ごしらえをしている姿があった。

その真剣な眼差しは鬼気迫るものがある。まるで、戦場において命のやりとりに身を置いているかのような、近づけば斬《き》られてしまうような迫力があった。

そんな姿に、さすがのマルスも話しかけていいものかどうか悩んだ。

「あの人が料理長のガネリア＝グロッシュラー。俺らは〝おやっさん〟って呼んでる。先代の頃からお世話になってる一番の古株でもあるな」

「一番の古株――ということは、裏でも？」

「ああ。おやっさんは戦闘部隊のまとめ役なんだよ。調理場の人間は、基本的にそっちが本業だな。うちらの仕事は隠密《おんみつ》を常としているけど、やっぱりいざってときがあるからな。そのときに頼りになるのが、おやっさんってわけだ。ちなみに、俺の剣術もおやっさんに仕込まれたんだぜ」

「さしずめ、おまえの師匠というわけか」

「何が師匠だ、バカヤロウめ」

マルスとアダムの会話が聞こえていたのか、威勢良く言葉を飛ばしてきたのは当のガネリアだった。

「おめぇは俺の言うことをちぃとも聞かねぇロクデナシだったたじゃねえかよ。人を打ち込み棒か何かと勘違いしやがって、がむしゃらに突っ込んでくるだけの猪《いのしし》だ」

ふん、と鼻を鳴らし、振るっていた包丁を置いてバットに移した肉の塊をオーブンに放り込んだガネリアは、そこでようやくマルスとアダムに向き直った。

「それで、二人揃《そろ》って俺に何の用でぇ」

「先ほど賄いを味わわせてもらいました。あれも貴公が調理されたものということで、よろしいですか？」

「おいおい」

問うマルスの態度に、ガネリアは呆《あき》れたように嘆息する。

「手段はどうあれ、うちの頭になった野郎が下の人間にかしこまることたぁねぇだろう。普通でかまわねぇぞ」

「いや、敬意を払うべき相手は身分や立場、年齢で決まるものではないでしょう。逆に、一つの道を究めんと研鑽《けんさん》する者は、僕より若くても尊敬に値するものです」

「ハッ！　手に職を持つ相手には敬意を払うってか。なかなか殊勝な心構えだ。まぁいいさ、他人の主義主張に口を挟むつもりはねぇからな」

そう言って、手近にあった丸椅子《まるいす》に腰を下ろすガネリアは、素っ気ない口振りとは裏腹にマルスの誠実な態度にほだされたのかもしれない。ぶっきらぼうな態度こそそのままだが、調理に従事していたときのような近寄りがたい雰囲気は幾分軽減されている。

「で、なんだ？　今日の賄いを俺が作ったか――だって？」

「ええ。賄いといえば、本来なら若手に修練を積ませるために任せるものと思っていたのですが」

「そりゃ間違っちゃいねぇな。賄いってぇのは若ぇ奴らの練習として作らせるもんだ。けど、今日は客の入りも悪くて余っちまったんだよ。もったいねぇから、てめえらで食えってわけだ。だもんで今日の賄いを作ったのが誰かと聞かれりゃ、まぁ俺になるわけだ」

「余る……ですか」

「ま、うちは食い放題の店だからな」

麗かな春の日差し亭は、食べ放題が売りの飲食店だ。料金は前金制で、大皿に盛られた料理を客が食べる分だけ取り分けるようになっている。そのため、客の入り数を予想して作る量を決めるわけだが、今日はその読みが外れてしまった——ということらしい。

「今日みたいに賄いに回すほど料理が余るということは、よくあることですか？」

「そうだな。週に一度か二度くらいはあるんじゃねえか？　昔はそんなこともなかったんだが、いい加減、味に飽きられちまったのかねぇ……」

どこか寂しそうにガネリアが肩を落とし、マルスは深刻そうに眉間《みけん》に皺《しわ》を寄せた。ただ、マルスが表情を曇らせたのはガネリアが肩を落とした理由とは、少し違う。

確かに、ガネリアが言うように店の料理に飽きて来なくなった——という客がいないこともないだろう。どんなに美味い料理でも、毎日食べ続けていれば飽きるのも当然だ。

しかし、麗かな春の日差し亭は貧困にあえぐ人々に『せめて食事だけでもお腹《なか》いっぱいに食べてもらいたい』という理念を掲げて営業している店である。

そういう店の客が、味に飽きたからと食べに来なくなることがあるだろうか？

もし食べに来なくなる客がいるとすれば、それは他の店にも行けるだけの経済的余裕がある客——と、考えられなくもない。

（金づるを取りこぼしてるってわけか……）

なんとなく、この店の改善点が見えてきたマルスだった。

「料理長、店の料理は大皿料理だが、一品ずつの盛りつけはできるだろうか？」

「なんでぇ、藪から棒に」

「店の形式が大皿から各自取り分ける食べ放題形式なのは承知しているが、副菜料理《サイドメニュー》も出せないかと思ってね」

「ああ、そりゃやめといた方がいいな。それはつまり、皿それぞれで金を取るってことだろ？　従業員の数が足りねぇぞ。作る方も、給仕する方も」

「その問題はさておき……まずは、できるか、できないかを」

「……ふん」

食い下がるマルスに何を思ったのか、鼻を鳴らしたガネリアは椅子から立ち上がると、マルスたちに「ちょっと待ってろ」と一言告げてオーブンに向かった。

ちょうど焼き上がりの時間だったらしい。オーブンから出した肉の塊に包丁を振るうガネリアが何をしているのか、背中しか見えないマルスとアダムにはよくわからなかった。

ほどなくして。

「ほらよ」

ガネリアが、二人の前に料理を盛りつけた皿を差し出した。

「ほう、これは――」

「へぇ……おやっさん、こういうこともできるんだ」

マルスは感嘆の声を洩《も》らし、アダムは驚き混じりに感心した。

差し出されたのは、一枚の皿に盛りつけられた薄切り肉の一品だった。

薄くスライスされた塊肉は、オーブンでついた焼き色とほんのり桜色の赤身が絶妙なコントラストを保ち、肉繊維の隙間《すきま》からじわりとあふれ出てくる肉汁の照りと相まって、キラキラと輝いて見える。酸味の強い柑橘系《かんきつけい》ソースには刻んだ葱《ねぎ》が加えられており、肉の赤身を慎《つつ》ましく隠すヴェールのようにまぶされている。

付け合わせには、潰した芋《マッシュポテト》に小麦に卵と牛乳を加えて焼いたふかふかのパン。それらが薄切り肉のきらびやかな主張を際立たせていた。

「俺の盛りつけっつったら、こんな感じだな」

「蒸し焼き牛の薄切り《ローストビーフ》ですか。色味の配置も盛りつけの華やかさも見事だ」

「おやっさん、意外なとこで繊細だな……」

感心しきりのマルスとアダムを前に、ガネリアは「おだてるんじゃねえ」と謙遜《けんそん》する。

事実、本人は褒められるようなことをしたと思ってはいないのかもしれない。自前のノリとセンスで料理を置いただけなのだから。

それでもその出来映えに、マルスもアダムも感心したのは間違いない。

「……ふむ、これなら――」

マルスのその表情は、何かを企《たくら》む策謀家のようだった。

3

「給仕の仕事を最低何人で回せるかって？」

調理場から戻ってきたマルスからの申し出に、アズライ＝オブシディアンは不思議そうに首を捻《ひね》った。

「まぁ、最初の案内と会計、お客様がお帰りになった後の片付けで……そうね、三人もいれば回せると思うわ。けれど……どうしてそんなことを？」

「少し気になってね」

訝《いぶか》しむアズライに、マルスの返答は極めて単純なものだった。

「おいおい、まさかとは思うが……」

そんなマルスの発言に、アズライより先に声を上げたのはアダムだった。

「本気で従業員の数を減らすつもりか？　そりゃ給仕の数は多いかもしれないけど、裏の仕事のときにはいなきゃ困る人数なんだからな」

「というと？」

「給仕をやってる娘たちは皆、魔法使いなの。その重要性はわかるでしょう？」

今度はアズライが答えた。

「……なるほど」

そういうことならば、マルスにも給仕たちの存在がどれほど重要なのかよくわかる。

今の世の中は魔法によって支えられている。

その魔法も、魔法使いが作り出す魔導具があってこそ広く世に普及しているのであって、魔導地脈の扱いに長《た》けた者はその技術だけで一生食いっぱぐれることはない——と言われている。

それは、日常の中で使う明かりや食料を冷蔵保存する容器、遠くの相手と会話する通信装置など日々の生活を便利にするものから、炎や雷を撃ち出す道具、人間の倍以上の体軀《たいく》を持つ魔導人形《ゴーレム》といった兵器など、あらゆる魔導具がすべて魔法使いの手によって生み出されているからだ。

そしてそれらの魔導具を作り出すのは——既製品に手を加えるのは——一般の人々よりも魔法使いの方が格段に上手い。

そのいい例が、倉庫の主であるエメラダだろう。

彼が市販の魔導具を改良するように、魔法使いを名乗る者ならば如何なる魔導具とて意のままに操ってこそなのだ。

「そしてここにいる魔法使いはね、全員魔道士《ワーロック》なのよ」

さりげなく告白されたアズライの一言に、さすがのマルスも感嘆の声を洩らさずにはいられなかった。

「ほう……！」

魔法使いと一言で言っても、そこには身につけている技能によって厳然たる階級分けがなされている。その階級分けで言えば、魔導士は他人が所持している魔導具の魔導回路に干渉し、機能を止めたり自分の意のままに操ることもできる実力者だ。

それが、この麗かな春の日差し亭——闇の疾風には七人もいる。給仕全員が魔導士というのであれば、そういうことになる。

「大隊規模の戦力でも、無理をすれば制圧できる数だな」

マルスの評価は、そこまで的外れなものではなかった。

軍の編制単位で〝大隊〟と言えば、ディアモント王国ならばおよそ兵士千人分の戦力に換算される。そんな軍勢が相手でも、今の世の中ならば魔道士が七人もいれば制圧することも不可能ではない。

というのも、ディアモント王国に限らず各国における主力兵器は、どれもこれも多かれ少なかれ魔法の力に頼っている——魔導兵器だからだ。

たとえば剣。あるいは鏃《やじり》。

どんな武器であれ、兵士が身につける武装は魔導回路が組み込まれた魔導具になっている。炎や雷をまとわせ、あるいは放てるようにすることで、単なる金属武器よりも格段に殺傷力が高くなるからだ。

そんな魔導兵器の代表格とも言えるのが魔導人形だろう。魔導地脈から魔力を抽出し続ける魔導回路によって、半永久的に動き続ける魔法仕掛けの人形だ。

その大きさは人の倍もあり、所有登録をした主人の命令には絶対服従。軍用ともなれば、歩兵百人分にも匹敵する。

だが、魔導人形がどれほど強力でも魔法で動いているのは間違いない。

魔法――すなわち魔力だ。その仕組みは他の魔導具と同じである。

魔導具ならば、魔道士以上の実力を持つ魔法使いなら魔導回路に干渉し、所有権を奪うことで無力化できる。下手をすれば、自分の戦力が敵に寝返ることもあり得るのだ。

つまるところ、この時代における〝戦力〟とは、所有している魔導人形の数と敵対している魔道士の干渉能力、そしてその干渉能力を退けられる魔法使いの腕にかかっているわけだ。

「しかしな、どこかの国と戦争でも始めるわけでもないだろうに、それだけの魔道士が――言ってはなんだが――こんな店にいても仕方がないだろう。魔導具に不正介入できるほどの実力者なら、別にこんな食堂で働かずとも、他の仕事もあるんじゃないか？」

「あらやだ、支配人さんたら。誰も彼もが実力に見合った職に就けるわけではないし、そもそも、あえてこ、の、仕、事、をしている人もいるのよ」

「おまえ、まだ諦《あきら》めてなかったのかよ」

含みのあるアズライの言葉に、やや呆れた調子で言葉を返したのはアダムだった。

「こいつはさ、もともと盗掘屋なんだ。支配人には説明不要だと思うけど、この国の建国神話に登場する〝ヴァーチェ〟の研究をしてるんだよ」

「ヴァーチェの研究だと？」

予想外の話に、マルスは驚くべきか呆れるべきか迷った。よりにもよって〝ヴァーチェ〟などというものを研究するとは、あまりにも荒唐無稽《こうとうむけい》というか、夢みたいな伝説を追いかける気になったものだ。

そもそもヴァーチェというのは、王国の建国神話に登場する七体の御使いたちのことである。それぞれテンペランス、フォーティテュード、フェイス、ジャスティス、ホープ、プルーデンス、ラヴなどの名称が残っているが、それだけだ。初代国王であるアカツキとともに戦ったのか、それともなんらかの加護を授けたのか、もしかしたら武器の名称なのかもしれない。何より、アカツキとどういう関係にあったのかさえ不明なのだ。

それ故に、ヴァーチェという存在そのものを疑問視する声もある。後年になって初代国王の神聖性を高めるために書き足した創作《フィクション》ではないか——というわけだ。

「あたしとしては、殿下が店の支配人になってくれたことは運が良かったと思っているのよ。王族の方から直接お話が聞ける良い機会だから。実際のところ、どんな風に言い伝えられているのか教えてくれない？」

「いや、どうと言われても――」

予想もしていなかった話を振られて、マルスは大いに戸惑った。

「――特に何も伝わってない」

「えっ？」

「総称の〝ヴァーチェ〟や七つの名称は、もちろん知っている。だが、その程度だ。本当に存在していたのかどうかさえ、王家の人間でも疑問を抱いている者も少なくないんじゃないか？　少なくとも、僕にははっきりしたことは何も言えない」

「自分のご先祖様を助けてくれた存在のことなのに、何も残ってないの⁉」

「それだって、真実かどうかもわかってない説だぞ？」

アズライから落胆の態度を見せつけられ、なんだか申し訳ない気分になるマルスだが、実際に何も伝わってないのでなんとも言えない。せいぜい、あちこちで噂されている話には「確証がない」と否定するだけで精一杯だ。

その一方で、それならアズライたちはどれだけ知っているのか確かめてみたくもなった。

「ヴァーチェの研究をしているのなら、僕の話よりももっと突っ込んだことまでわかってきているのか?」

　言外に「どうせ何もわかってないんだろ」と思う気持ちを隠そうともせず聞いてみれば、返ってきたアズライの答えは予想と違っていた。

「あたしの考えだと、ヴァーチェっていうのは、今で言うところの魔導人形の類いだったんじゃないかと思っているの」

「ほう?」

　割と具体的な考えを持っていた。

「この国の建国以前、つまりアカツキ＝ディアモントが現れる以前の時代、今とは違う系統の魔法技術文明が栄えていたのは知ってるかしら?　これは王国暦五八二年に賢者ジャイロが旧文明の石碑を発見したことでわかったことだけれど、魔導地脈に頼らない魔力の精製法があったとかで、空に島を浮かべるほどだったみたい。魔女の翼は、建国神話にも載ってるでしょう?」

　魔導回路の登場や魔導具の活用によって、現代社会が魔法技術に支えられているのは言うまでもない。一方で、まったく発展の気配を感じさせない分野がある。

　それが輸送技術だ。

　そもそも、魔導回路は魔導地脈から魔力を取り込むことによって稼働する装置だ。地脈というからには地面に近ければ近いほど魔力を取り込みやすく、逆に離れれば離れた分だけ取り込みにくくなる。

すなわち、大空を舞う航空技術は現代の魔導回路との相性がすこぶる悪い。

ならば大荷物を一気に運搬するような陸路専用の車両はどうなのかというと、今度は出力の維持が問題になっていた。

現代の魔導回路は瞬間的な出力こそ目を見張るものがあるが、その力を長時間に亘って安定放出し続けることには向いていない。せいぜい補助機能として使える程度だ。

結果、魔法技術が栄えた現代においても、人々の移動手段は陸路なら馬や馬車、海路なら帆船、空路などは夢物語といわれている。

ところが、大昔の魔法文明は現代の常識とは真逆だったらしい。

魔法使いは空を飛び、小さな島くらいなら大空に浮かべて移動させることもできていたようだ。

特に〝空を飛ぶ〟という技術に関して言えば、王国の建国神話には〝魔女の翼〟という飛行魔導部隊が登場する。〝原罪《ペイン》〟が暴れる世界においてなお、大空を自由に飛び回り、アカツキを助けた天空の支配者たち――ということだ。

「その一方で、ジャイロが発見した石碑には現代の魔法効果に近いものも記されてあったのよ。明かりを灯す、火をおこす――そんな感じの魔法ね。確か、ヴァーチェとは別にアカツキの旅に同行した魔女の一族がいたわよね？　彼女たちが使っていたのも、そういう現代では失われた魔法だったんでしょう?」

「そうらしいな」

ヴァーチェがある種、神秘の象徴のように不明瞭《ふめいりょう》な一文しか残っていないのに対し、魔女の一族はアカツキの活躍とともに数多く記述が残されている。アズライの話にあったように、生身で火炎や氷結などの魔法を操り、杖《つえ》に跨《また》がって大空を自由に飛び回り、さまざまな局面でアカツキの手助けをしている。

さらに言えば、アカツキとともにディアモント王国を興した初代王妃フィアーもそんな魔女の一族だったと言われている。

「そういう旧時代の魔法と現代魔法は地続きだと、ジャイロは考えていたみたい。ただ、失われた技術もある。それが空を飛ぶような魔法ね。まぁ、このあたりはあたしの専門じゃないから端折《はしょ》るけれど……あたしが注目したのは空に浮かぶ島よ」

「……もしかして、建国神話に登場する魔導戦艦ユグドラシルと関連づけている?」

「そう!」

マルスの合いの手に、アズライは我が意を得たりとばかりに頷いた。

魔導戦艦ユグドラシル――その名も建国神話に登場している。アカツキが七罪を討つ拠点として使われ、大空を自在に飛び回った巨大な空中要塞《ようさい》だったらしい。

もちろん、現在では消失しており、それらしい遺跡も発見されていない。辛《かろ》うじて王国南東部に位置する巨大湖に沈んでいる——との話が残っている程度だ。

ただ、近年になって魔導戦艦の発掘調査が行われたが、発見どころか痕跡《こんせき》さえ見つかっていないのが現実だ。

「現代の魔法文明がアカツキ＝ディアモントが国を興してからのものだとすれば、建国神話に登場する神器の類いは旧魔法文明の魔導具との関係性があると思う。旧魔法文明にあった空を飛ぶ技術が魔導戦艦ユグドラシルに類するものだとすれば、残念だけれど今の魔法文明には存在しない。けど、賢者ジャイロが発見した石碑によれば現代の魔法文明と旧魔法文明には類似性もあることがわかっている。となれば、今の文明に存在し建国神話に登場しないものがヴァーチェだから、それは魔導人形だったんじゃないか——と、あたしは考えているのよね」

「馬鹿馬鹿《ばかばか》しい」

そんな言葉が、ため息とともに吐き出された。

「あなたの言ってることは、すべて憶測と願望ですね。根拠があまりにも希薄すぎます」

否定的な声を上げたのはクリスだった。聞くに堪えないとばかりに言い放つ。

「わかってないわね。憶測と願望ってのは、仮説と検証を繰り返すことで確信に至る途中経過のことよ」

対してアズライは、否定的なクリスの態度をさして気にするでもなく言い返した。

「まだなんの結論も出てないヴァーチェのことで、最初からあれもこれも否定してどうするの？」

「否定も何も、そもそもの問題は……！」

口調を荒らげて言い返そうとしたクリスは、しかし言葉を濁し、取り繕うようにコホンと咳払《せきばら》いを一つ。

「……ともかく、話が横に逸《そ》れすぎです。殿下、給仕の話をされていたのではないのですか？」

「ああ、そうだった」

クリスに指摘されて、マルスもぽんっと手を打った。遠いご先祖にまつわる話なのでついつい乗ってしまったが、確かに今はヴァーチェよりも給仕の話が先だ。

「ちょっと、本当に給仕の数を減らすの？　確かに給仕の仕事は三人でも回せるとは思うけれど、それって最低人数よ？　一人でも病気で倒れたりしたら詰んじゃうじゃない。それでも人を減らすっていうのなら、こっちにだって考えが――」

「待て待て。何か勘違いしてないか？　別に給仕の数を減らすとは言ってないぞ」

思わぬマルスの一言に、アズライはきょとんとした。

「え……？　だって――」

「給仕を減らすだなんだと言い出したのはアダムだろう。僕はそんなことを言った覚えはないんだが？」

「あー……そういえばそうね……。ちょっと店長！」

「えっ⁉　いっ、いやだってさ！」

急に矛先を向けられて、アダムは狼狽《うろた》えながらも言い訳を口にする。

「うちの売り上げが低いってんで、改革だなんだと言い出して仕入れの量も使い切りで回せるように調整するって話を聞かされてりゃあさ、人件費も減らす方向で考えてるんじゃないかって思うだろ⁉」

「なんでおまえは減らす方向でしか考えないんだ」

これだから経営が傾くんだ――と言わんばかりにマルスが嘆息する。

「商売とは、究極的に言えば出費を低く、収入は多くが原則だろ。ひとまず仕入れの量を減らして出費が抑えられる目処《めど》が立ったから、次は収入を増やすことを考えるのが筋ってもんじゃないか」

「収入を増やすって簡単に言うけど――って、まさか値上げ⁉　それは本末転倒ってヤツだろ」

「貧しい人々に美味い食事だけでも提供する店が、値上げしてどうする」

「じゃあ……どうするんだ？」

「決まってるだろ」

マルスは肩をすくめて、誰もが知っている問題の答えを示すように口を開いた。

「貧しくない人々からせしめるんだよ」

4

次期国王となるサンドラ＝ディアモントの日常は多忙を極めている。国王の名代として近隣国を巡り、国内においては高貴なる義務《ノブレス・オブリージュ》を自ら示すかのように奉仕活動や各施設への慰安訪問を精力的に行っている。

今日も朝から慌ただしく過ごしていた。

起床してから支度を整えてすぐに王都を訪れている辺境伯との朝食会に出席。続いて王家直轄の魔導具開発施設への訪問。その移動中の箱馬車の中で、隣国の大使から届けられた信書に対する返信の執筆など、休む暇もなく働き詰めだ。

その上、どこへ行くにもディアモント王国の第一王女にして次期国王としての気品と態度を維持しなければならず、気が休まる暇もなかった。

「はー……しんどぃ」

それでも、サンドラから仮面が取れる瞬間がある。

それは就寝前であったり、あるいは午前と午後の切り替えであったりの〝区切り〟のときだ。午前中の公務が滞りなく終わった今が、まさに肩の荷を下ろしても問題ないひとときだった。

「もうホント、何もしないで部屋の中でゴロゴロしている休みが欲しいわ。あー、引きこもりたい」

「そんなことを言うものではないよ、サンドラ」

箱馬車の座席でドレスに皺が寄るのも構わずに、ぐったりと伸びるサンドラへ窘めるような言葉を投げかけたのは、対面座席に背筋を伸ばして座る青年騎士の美丈夫だった。

「誰もが皆、あなたに会えるだけで笑顔になる。それができるのはあなただけだし、そんなあなたが部屋へ引きこもってしまえば世界から光が消えるも同然だよ」

「セラフ、わたくし、これでもいろんなことを頑張ってる自信はあるんだけれど、あなたのそういう恥ずかしい台詞《せりふ》を臆面《おくめん》もなく言えるところは真似《まね》できそうにないわ」

「恥ずかしい？　心から思うことを口にして、どうして恥ずかしがる必要があるんだ」

「ああ、もう！　わたくし、あなたのそういう真《ま》っ直《す》ぐなところも好きよ」

「ありがとう。私もあなたのことを愛しているよ」

箱馬車の良いところは、こんな会話を交わしても御者《ぎょしゃ》が外にいる密室なので、誰の目にも触れないことだろうか。

臆面もなく愛を囁《ささや》き、サンドラと熱く視線を絡め合う美丈夫の名は、セラフ＝クリノリア。王家の近衛騎士団団長を務める男だ。

本来であれば、王家を守る盾であり剣でもある近衛騎士団の団長が、護衛対象である王女殿下と同じ箱馬車に乗車することなどあり得ない。馬車の外に帯同して周囲に目を配るのが正しいやり方だが、しかし彼だけは別だ。

王家直轄の近衛騎士団を束ねる長でありながら、今では次期国王サンドラ専属の護衛騎士として如何なる場所にも帯同することが許されている。この箱馬車の中しかり、それこそ寝台であろうとも。

何しろ彼――セラフ＝クリノリアこそ、将来的にディアモント王国の女王となるサンドラ王女殿下の心を射止めた婚約者なのだから。

「わたくしとしては、このまま午後もあなたとずっと過ごしていたいけれど……そういうわけにもいかないのが悔しいわ。マルスも少しは手伝ってくれればいいのに……あの子、ここ最近は外に出て何をやっているのかしら？」

「彼にも彼なりの考えや目標があるのだろう。……ああ、それよりもサンドラ、昼食はどうするか決めてあるかい？　もしこれといって決めていないのなら、どうだろう、是非ともあなたを招待したい店がある。私に付き合ってくれないか？」

「えっ？」

セラフの誘いにサンドラは驚きの表情を浮かべたものの、すぐに相好を崩した。

「あなたから食事のお誘いを受けるなんて、思いもしなかったわ。午後からは王宮での公務ですし、もちろんお受けいたしますわ」

「そう言ってくれて嬉しいよ、サンドラ。では、このまま向かうとしよう」

サンドラの了承を得たセラフが箱馬車の天井を叩くと、御者は事前に伝え聞いていたらしく、行き先を変える。

王宮へ行き着く大通りから一本脇《わき》の道に逸れ、進むことしばし。小窓から外の様子を窺《うかが》っていたサンドラは、思っていたよりも雑多な雰囲気が漂う場所に向かっていることに、驚きを禁じ得なかった。

「いったいどこのお店へ向かっているの？」

「もうすぐ着くよ」

セラフの言葉どおり、すぐに箱馬車が止まった。

御者が扉を開き、サンドラが馬車を降りると目の前にあったのは――。

「食堂……？」

――サンドラの見立てどおり、安さが売りの大衆食堂だった。食べ放題の店なのか、大皿に盛られた数々の料理を客自ら小皿に取り分けている姿が、路上からでも見えている。

店の名前は〝麗かな春の日差し亭〟と看板に大きく書かれてあった。

正直、本当にこの店で間違いないのだろうかと、サンドラは疑問を抱かずにはいられない。

別に大衆食堂を低く見ているわけではないのだ。ただ、彼女が知るセラフという婚約者が誘う店としては、彼の人柄と大きく乖離《かいり》しているような気がする。

「セラフ、本当にここなの？」

「ああ、そうだよ。けれど入り口はそこではないんだ。こっちだ」

セラフがサンドラの手を引いて向かったのは大衆食堂の入り口――ではなく、同じ建物の脇にある、新しく備えつけたばかりの木製の扉だった。

ノッカーを叩くと、木製の扉が静かに開く。

「まぁ……！」

扉の先に広がる光景に、サンドラは思わず驚きのため息をこぼした。

別世界が広がっている。

細い小道の先に別の扉が見えてはいるが、その短い距離の間にはこの季節ならではの色とりどりの草花が植えられており、宮殿の散策路のような雰囲気を醸し出していた。

「ようこそおいでくださいました、セラフ＝クリノリア様。そしてサンドラ＝ディアモント王女殿下。どうぞこちらへ」

宮廷侍女にも引けを取らない淑《しと》やかな物腰で歓迎の意を示した給仕は、「こちらでございます」と二人を奥へと誘《いざな》った。

距離の短い小道を抜けて扉を開くと、ふかふかの絨毯《じゅうたん》が敷き詰められた階段があった。

「お席は二階となっております。足下にお気をつけください」

細い通路を右へ左へと進んで行くその距離は、思っていたよりも歩かされた。けれどそれが苦痛というわけでもなく、壁には絵画が飾られてあったり、彫刻が設置されていたりと、ちょっとした美術館のように目を楽しませてくれる。

ほどなくして二人がたどり着いたのは、王宮の大広間をコンパクトにまとめたような個室だった。

コンパクトに──といっても、二人で食事をするだけにしては広い部屋だ。

天井からはシャンデリアが吊《つる》され、その下には黒檀《こくたん》のテーブルに二脚の椅子。白亜の壁には、国鳥や国花をモチーフにした意匠が嫌味にならない程度に描かれている。

「改めまして、本日はようこそおいでくださいました」

二人が席に着くと、眼鏡をかけた給仕の女性が改めて頭を垂れる。

「お二方のお世話をさせていただきますアズライ＝オブシディアンと申します。お食事は事前にご連絡いただいておりましたコースでよろしいでしょうか」

「ああ……あ、いや、サンドラ、何か食べたいものはあるかい？」

「いえ、大丈夫よ」

「お食事の前に、何かお飲み物は如何《いかが》ですか？」

「それなら、酒精《アルコール》の入っていないものをお願いしよう。炭酸水はあるかな?」

「かしこまりました」

さすがは騎士団の団長を務める男だけのことはある。セラフが慣れた様子で注文すると、アズライは一礼して部屋を出て行った。

「外の様子に少し驚いたけれど、給仕の応答もしっかりしているお店ね。セラフ、よくこんなお店を知っていたわね」

「私がまだ幼かった頃に、何度か足を運んだことのある店なんだ。いうなれば思い出の味というのだろうか。あなたにも是非、味わってもらいたいと思っていたんだ」

「幼かった頃? あら、それは変ね。お店の門構えはずいぶんと新しく見えたけれど」

「ああ、この別館は最近になって開店したらしい。私が足を運んでいたのは表の大衆食堂の方なんだ。ただ、大衆食堂の料理長がこちらの料理も手がけていると聞いているので、同じ味が楽しめるはずだよ」

「そうすると、ここのお料理はあなたにとって思い出の味ということね。楽しみだわ」

そんな二人の会話が途切れた頃合いを見計らっていたかのように、炭酸水と前菜がテーブルの上に並ぶ。

最初はサラダからだ。色鮮やかな旬の緑黄色野菜には酸味のあるフレッシュなドレッシングがかけられており、食べれば口の中が爽《さわ》やかになるとともに唾液《だえき》も分泌されて食欲が刺激される。

　続いて出てきたのはスープとパン。澄んだ琥珀色のスープは肉や野菜の風味が濃縮されていて、シンプルな見た目とは裏腹に灰汁《あく》などの不純物を取り除いた料理人の苦労が垣間見えるようだった。

　口の中に残るスープの後味をパンで中和したところで、次の魚料理が出てきた。香辛料で下味をつけ、小麦粉をまぶしてバターで揚げ焼きにした白身魚だ。

　ナイフとフォークを優雅に使いこなして口に含めば、バターの風味とレモンソースが脂っこさをほどよく中和している。柔らかな歯ごたえの中にパリッと焼き上げられた皮の食感も、いいアクセントになっていた。

（……この味……）

　瞬く間に食べ終えて、サンドラは妙な既視感を覚えた。

　いつかどこかで食べたことのある味だった。

　それがどこでのことだったか思い出せそうで思い出せず、そうこうしていると口直しのシャーベットが運ばれてきた。

　ほんの一口サイズの量だが、魚料理で脂っこくなっていた口の中がさっぱりとリフレッシュされる。

　魚料理の余韻とシャーベットの爽やかさに身を浸していると、次に肉料理が運ばれてきた。牛とも豚とも違うその肉は、骨つきの羊肉。肉汁に葡萄酒《ぶどうしゅ》を混ぜて作った甘みのあるソースは舌触りもよく、前菜からここまでたくさん食べたはずなのに、サンドラは肉料理もあっという間に食べ終えた。

「ふう……」

皿に残ったソースをパンですくい取って食べ終えたサンドラは、大きく息を吐いた。

前菜から肉料理まで、存分に舌を楽しませてくれる食事だった。味は昔気質《むかしかたぎ》というのか、古くから伝わる正統派なものだったが、出てきた料理それぞれ味が違っていたので飽きることもなかった。一品ずつの量が少なめになっていたのも、いろんな味を楽しめたので心地よい満腹感を覚える。

「お食事は楽しんでいただけましたでしょうか」

一とおりの食事を終え、空になった食器が下げられると給仕のアズライが声をかけてきた。

「別室にて食後のデザートをご用意しております。よろしければ、こちらへどうぞ」

二人が次に通された部屋は、ゆったりとくつろげる談話室《サロン》だった。きらびやかというよりも落ち着いた色合いで、気を張らずにくつろげるような空間が広がっている。

アズライに案内されたテーブルにはチョコレートや一口サイズのお菓子がすでに置かれてあった。

「食後のお飲み物をお持ちいたします。テーブルにあるデザートは、ご自由にお召し上がりください」

　腰を折って下がるアズライを見送ったサンドラは、不意に「ふふっ」と笑みを転がした。

「どうしたんだい？」

「いえ、ようやく思い出したの。毎日のことなのに、場所が変わるだけでわからなくなるなんて、人って不思議よね」

「なんのことだい？」

「ねぇ、セラフ。あなた、わたくしに何か隠しごとをしていない？」

「え？」

「ああ、いえ、別に怒っているわけではないのよ。料理は美味しかったし、給仕さんの接客も素晴らしかったわ。とても満足していることは本当よ。それに、あなたが隠していることを無理に暴こうとは思っていないわ。けれど、こうも仄《ほの》めかされていると、気づいてもらいたいのかなと思って」

「いや……あなたが言いたいことが、よくわからないな」

「駄目よ、セラフ。隠しごとをするのはいいけれど、嘘は駄目。嘘というのは相手を見下している行為だわ。『どうせわからないだろう』と蔑《さげす》み、侮辱する行為よ。そんな行為をあなたにされたくないわ。わたくしはもう気づいてしまったのだから、下手にごまかしたり騙《だま》したりするのはやめてちょうだい」

「……気づいた――と言うけれど、いったい何に？」

「わかったわ、セラフ。質問に質問を返す無礼は百も承知だけれど、あえて聞かせてちょうだい」

じっとセラフの目を見つめて、サンドラは静かに問いかけた。

「……マルスはこの店にいるのかしら？」

「ここにおりますよ、姉上」

サンドラの背後から響く声。

件《くだん》のマルスが、盆にカップを二つ載せて立っていた。

「あまり義兄上を責めないでください。僕が頼んで、姉上をお招きしたのですから」

「どういうことなのか説明してくれるのよね、マルス」

テーブルに置かれるカップではなく、カップを置くマルスに視線を固定して問いかけるサンドラ。

あまりに鋭い視線を受けて、マルスは「ははは」とまずは笑い声で場を和ませてみた。

あまり、効果はなかったけれど。

「わかったわ、マルス。それなら、まずはお姉ちゃんの今の気持ちを教えてあげる」

カップに手を伸ばし、唇を湿らせたサンドラがそんなことを言い出した。

「わたくしとしてはね、とにかくびっくりしたのよ。忙しい公務の合間を縫って婚約者が昼食に誘ってくれたかと思えば、何か隠しごとをしているし……」

「待ってくれ、サンドラ。それは――」

「黙らっしゃい」

誤解を解こうとしたセラフの言葉を、サンドラはぴしゃりと黙らせた。どうやら言い訳と捉《とら》えたらしい。

「まぁね、セラフの隠しごとはいいのよ。ええ、構いませんとも。食事も美味しかったし、接客も満足のいくものでしたわ。問題はあなたよ、マルス。途中であなたが関わってることには気づいたけれど、いったい何を企んでいるの？　ああ、いいえ。あなたの企みなんてお見通しよ。けれど、納得のいく説明をしてもらいたいと思うわたくしの気持ちは、身内として間違っていないわよね？」

「ええ。おっしゃるとおりですよ、姉上」

下手に言い訳や反論などしようものなら火に油を注ぐことになりかねない姉の様子に、マルスは苦笑しながら頷いた。

「しかし姉上、よくぞ僕が関わっていると気づきましたね。義兄上には僕からの招待ということは秘密にしておいてくれとお願いしていたはずですが？」

「あら、そうなの？」

「そうなんだよ、サンドラ」

ようやく説明ができる機会を得たとばかりに、セラフがマルスの代わりに頷いた。

「食事中に交わした会話に嘘偽りはないが、あなたを招待したのはマルスの誘いがあったからなんだ。『うちの店に食べに来てくれ』と」

「うちの店、ね……」

我知らず、サンドラはため息を吐いた。

「最初のきっかけは料理の味よ」

「料理の味、ですか？」

「王家秘伝の宮廷料理と同じ味だったわ。いつも食べているものだから、最初は気づかなかったけれど」

「そうでしたか？　僕は味について、あれこれ口を出してはいなかったんですが」

「あら、そうなの？　あなたの舌は本当に鈍感ね。でも、それだけではないのよ。給仕の接客が王宮侍女の気配りに似ていたわ。あなたにはクリスが付いているから、そこから学ばせたのでしょう？」

「ご明察です。さすがは姉上」

「何が〝さすが〟なものですか。わたくしが聞きたいのは、あなたがここで何をしているのかということよ。あなたまさか、この店を買収したのではないでしょうね？」

「そこまで気づいていらっしゃいましたか」

「ああ、やっぱり……」

あっさり認めるマルスの態度に、サンドラは頭痛をこらえるように頭を押さえた。

「給仕もできない、料理もできないあなたが〝うちの店〟と言うから、もしやとは思ったけれど……あなたの将来のために貯蓄していた預金が引き出されていたことを思い出したの。それがまさか、飲食店を買収するためだったなんて……いったい何を考えているの！」

「…………」

「熟考の末に導き出した結論ですよ」

叱りつけたサンドラだが、間髪いれずにマルスから言い返されて、思わず言葉を詰まらせた。

「……わかったわ。あなただって子供ではないのだし、ちゃんと考えてのことだと信じましょう。このことは、お父様やお母様には？」

「それは……まぁ……しかし、大きなお金が動いてますから、気づいているのでは？」

「だとしても、あなたの口から報告するのが道理でしょう。まぁ、いいわ。わたくしから事前に一言、口添えしておきましょう」

そう言って、サンドラは席を立った。

「そろそろ午後の公務が始まります。心地が良くて、ついつい長居をしてしまったわ」

「あの、姉上。今回の件についての話がまだ――」

「あなたの企みなどお見通しだと言ったでしょう」

引きとめるマルスの言葉を遮って、サンドラは引き締めていた頬をふっと緩めた。

「表に馬車を回しなさい。あなたのお望みどおりに、せいぜい派手に帰らせていただきます」


「まさか本当に、お姫様がこんな下町の、しがない飯屋に来るとはなぁ」

サンドラ王女が来店しててんやわんやだった厨房《ちゅうぼう》の様子や、帰り際に国民の前で盛大にアピールしていったことでちょっとした騒ぎになった状況を思い返し、アダムはどこかやつれたため息を吐いた。

今までの人生で、裏稼業を含めてこんなに神経をすり減らした日はなかったように思う。実際に接客したアズライなんて、終わった今となっては十歳くらい老け込んだかのようにシオシオになっていた。

「けど、わかんねぇな。もともとは店の収入を増やす計画なんだろ？　王女殿下に来店してもらったからって、なんで増えるんだよ。俺としては、わざわざ小洒落《こじゃれ》た個室を作ったことで余計な出費が増えただけのような気がするんだけどな」

「おまえ、今日の姉上たちへの請求額がいくらだったか知ってるか？」

「ん？　いや」

「二人で四万だ」

「よ、ん……？　えっ、四万⁉」

マルスの口から飛び出した予想外にも高額な値段に、さしものアダムも二度聞きするほどだった。

「四万って、おま……ぼったくりすぎだろ！　食堂の客、四十人分だぞ⁉」

「そう思うか？　しかし姉上に言わせれば『まぁ、妥当なところね』ということらしい」

「マジかよ……」

半ば信じられないというような表情を浮かべるアダムだが、マルスは「本当だ」と言い切った。

「しかし、うちの料理の味が一人二万の価値があるかといえば、そうとも言い切れない。実際、同じ料理長が作っていても食堂の料理は食べ放題で千エンだ。まぁ、それはそれで安すぎる話ではあるんだが……ともかく、どうしてそんな高価格でも姉上が文句を言わずに〝妥当〟と判断したのかといえば、そこに料理の味以外にも金を払うもの――付加価値があったからだ」

「付加価値？」

「料理を提供する空間であったり、給仕の接客方法だよ。よく考えてみろ。人間、有り余る金があったら次に何を欲しがると思う？」

「えー……ンなこと聞かれてもな……？」

「名誉だよ」

アダムからまともな返答があると思っていなかったのか、マルスはすぐさま答えを口にする。

名誉――すなわち、他者からの良い評価であったり讃《たた》えられたりすることだ。承認欲求と言い換えてもいい。人は根源部分で〝他者から認められたい、敬われたい〟という気持ちを抱いている。

「貨幣経済で回ってる今の世の中で、金を持ってる奴は良くも悪くも金ですべてを得られると思ってる節があるんだよな」

マルスがそういう印象を抱くのも無理はない。先頃開かれた建国記念の宴席でもそうであったように、権威にすり寄る富豪の相手をこれまで幾度となくしてきたからだ。

「だからうちの店は、そういう金を持ってる奴らの名誉欲を満たす空間を提供すればいい」

それが今日、サンドラとセラフを招いた個室だ。

日常と切り離した〝くつろぎの空間〟を演出し、王様に奉仕するような態度で給仕する。料理の味とは別のところで、マルスは麗かな春の日差し亭に〝金を出してもいい〟と富裕層に思わせる価値をつけ足した。

「けれど、それだけで客が一気に押し寄せてくるわけでもない。そこで姉上にご来店願ったわけさ。次期国王になる人物が足を運んだ店として、権威欲にまみれた金持ちはうちの店に目をつけるだろう」

「おまえ、そういう下心があって王女殿下を招いたのか？　実の姉をダシにして、よくもまぁ……」

呆れ半分、非難半分の眼差しを向けてくるアダムを前に、マルスは気にするなとばかりに肩をすくめた。

「そのあたりの思惑は、姉上も気づいていたよ。それでも、あんな風に自分の存在を見せびらかすように帰って行ったのは、つまり〝好きに利用しろ〟ということだろ？」

「……弟も弟なら、姉も姉ってか。たいしたもんだな。それなら、自分を宣伝の材料に使っても良かったんじゃないか？　おまえだって王子様だろう」

「僕はここの経営者だからな。身内びいきと思われるのもよくないし、自分で自分の店を宣伝したって効果は薄い。だから、僕が麗かな春の日差し亭の支配人って話は表に出していないんだ。秘密にしておけよ？　それに裏稼業のこともあるしな」

「ホントに、なんだってそこまでいろいろ悪知恵が働くんだ……？」

呆れるアダムに何かを含むような笑みを向けて、マルスは大きく手を打ち鳴らした。

「何はともあれ、これでこっちが行う準備はすべて整った。あとは富裕層がうちの釣り針に引っかかってくれるのを待つだけだ。持ってるところから、できるだけ金をせしめてやろう」

「……おまえの方こそ、なんだか悪人に向いてないか……？」

偽悪的なマルスの態度に、アダムは付き合いきれないとばかりに盛大なため息を吐いた。


果たして、マルスの思惑は見事に的中した。

サンドラ王女殿下が婚約者と訪れた店――という話は、世間でたちまち話題になったらしい。麗かな春の日差し亭【別館】は、富裕層の名士たちが我先にと予約を取るような人気店になった。

それは何も、〝王女殿下が来店した〟という付加価値だけで人気になったわけではない。一日の受け入れ客数は昼に五組、夜は十組まで、という制限が設けられたことも関係している。

一日の客数上限を設けた理由は実に単純で、対応できる給仕がその数だったからだ。大衆食堂の方には最低でも三人は配置しておかなければならないので、クリスを含む残り五名で【別館】の対応をしなければならない。昼時には一組ずつ、夜には一人二組ずつ回すと、そうなってしまう。

これによって、【別館】は〝なかなか予約が取れない店〟という希少価値もつくこととなり、わずか一ヵ月ちょっとで、客が引きも切らない人気店になったのだった。

「まさかここまでハマるとは……」

その状況に一番驚いているのはアダム――ではなく、マルスだった。麗かな春の日差し亭【別館】を開店してからというもの、売り上げが予想以上に伸びている。

これで、当面は麗かな春の日差し亭の経営は安定するだろう。少なくとも、従業員に賃金を支払うこともできないような事態にはならないはずだ。

だが、忘れてはならない。

麗かな春の日差し亭は、単なる大衆食堂ではない――ということを。

「さて、そろそろ本業の方も動かさねばならんな」

クリスから届いた報告書を前に、マルスがそんなことをぽつりと呟《つぶや》いた。

第三話　千年前の遺物

1

　ディアモント王国の北西部に連なるカディオ山岳地帯は、世界でも類を見ない高純度の魔石が採掘できる大魔石鉱地帯だ。そこで採れた魔石は魔導回路《マナ＝サーキット》の核となる部品として術式が刻まれ、魔導地脈《マナ＝ライン》から取り込んだ魔力を、他の産地で採れた魔石よりも効率よく魔導具に行き渡らせるようになる。

　魔導回路――ひいては魔導具の核となる素材となれば、その価値や重要性は言うに及ばず、百年前に起きた隣国との戦争も、この魔石鉱地帯の採掘権を巡る争いが発端だったと言われている。

　そして現在、大魔石鉱地帯はディアモント王国の統治下にある。王国政府が管理し、大商人の財閥に採掘を委託する国家事業として魔石採掘が行われていた。

といっても、委託された商人たちが好きなだけ魔石を採掘し、自由気ままに売りさばけるわけでもなかった。

何しろものがものだ。武器にも転用できる魔導回路の核だけに、好きなだけ採掘して勝手に売りさばかれては国益を損ないかねない。年間採掘量には上限が決められており、さらに採掘量の七割を国内の魔導具に回すことが義務づけられている。

それでも、魔石採掘で得られる利益は莫大《ばくだい》だ。大手の財閥ならば、必ずといっていいほど大魔石鉱地帯での採掘権を有している。

逆を言えば、大魔石鉱地帯での採掘権を持っていてこそ大財閥の仲間入り――とも言えるだろう。

そんな大商人に確固たる社会的地位を約束するような大魔石鉱地帯での採掘権だが、実際の採掘現場はなかなかどうして過酷だった。

何しろ魔導具が使えない。

どういうわけか、大魔石鉱地帯では魔導回路が正しく機能しないという現象が起きている。原因として考えられているのは、高純度の魔石が魔導回路と干渉し合っているというのが濃厚な説だが、はっきりしたことはわかっていない。

俗説に目を向ければ、千年前の大戦時に魔力を阻害するような〝何か〟があったという話まである。

事実がなんであれ、魔石採掘は過酷な労働の代表格だ。

採掘員の怪我《けが》や過労は日常茶飯事であり、崩落や有毒ガスの発生といった事故も、ごくまれに起きることがある。

そして何より、魔石鉱採掘者にとって一番恐ろしいのが――粉塵《ふんじん》爆発だ。


ドオオォォォン！　と、間近で巨大な鉄球を地面に叩《たた》きつけたかのような衝撃と震動が採掘現場に走った。休憩所として設けられた小屋の中で休んでいた作業員たちは、誰もが青ざめた表情で外に飛び出した。

「いったい何が起きた⁉」

「爆発だ！　五番坑道で爆発が起きた！　あそこでは三班の奴《やつ》らが採掘をしていたはずだ！」

どこからともなく飛び交う怒号。山の斜面に目を向ければ、煤色《すすいろ》の煙がもうもうと立ちこめているのが見えた。

ここしばらく起きていなかった爆発事故が、ついに起きてしまったと皆が悟る。こうなれば休憩などとは言ってもいられず、負傷者を救助に向かうべく全員が動き出した。

「こりゃひでぇ……」

採掘に慣れ親しんだ採掘員でさえ、顔をしかめる惨状だった。

坑道の入り口どころか周囲の斜面まで吹き飛んでいる。たとえるならば、噴火した火口だろうか。岩盤もろとも内部から強烈な圧を受けて押し出されたように、大小さまざまな岩石がゴロゴロと飛び散っている。

「これじゃ中にいた人間は――」

「とっ、とにかく救助だ！　早く瓦礫《がれき》を退《ど》かせ！」

予想以上に大きな被害。後込《しりご》みする採掘員たちに、現場主任らしき男が発破をかけて救出作業に駆り立てた。

皆が皆、急いで瓦礫を退かし始める。魔導具が使えずとも、事故が起きた今、採掘場にいる全員が一丸となって瓦礫の撤去を始めなければ、せっかく生き残った作業員がいても手遅れになってしまう。

幸いにも、採掘現場には屈強な男たちが山のようにいる。崩落した五番坑道の入り口は、速いペースで片付けられていった。

「おっ、おい！　ちょっとこっちに来てくれ！」

そんな最中《さなか》、瓦礫を撤去していた採掘員の一人が声を上げた。どこか興奮し、しかしわずかに怯《おび》えも孕《はら》んでいるような声だった。

「どうした？」

「生存者を見つけたのか⁉」

声に気づいた他の採掘員たちが続々と集まってくる。

「いや、違うんだ。そうじゃなくて……あれ、なんだと思う？」

声を上げた採掘員は、戸惑いと疑問を隠そうともせずに瓦礫の一点を指さした。

そこには、巨大で真っ黒な腕が瓦礫の下から生えていた。

もちろん、粉塵爆発に巻き込まれた採掘員の腕などではない。人の身の丈と変わらないほど巨大な腕が、真っ当な人間のものであるはずがない。

「な……なんだ……こりゃ……？」

誰かが呟《つぶや》いたその疑問に、正確な答えを示せる者はその場には誰一人としていなかった。

2

貧しい人に美味《おい》しい食事だけでも楽しんでもらおうと営業している麗かな春の日差し亭は、だからといって年中無休というわけではない。

週に一度、あるいは二日や三日続けてなど、曜日こそ決まっていないが月に十日程度の休業日が設けられている。

とかく飲食店は重労働だ。加えて、麗かな春の日差し亭は世間に公表できないような裏稼業にも手を染めているので、臨時従業員を雇うこともできない。

従業員が倒れないように、休むときはきっちり休ませることが店の経営方針——というのは、表向きの理由である。

「さて、諸君」

倉庫三階の事務室には、マルスを始め、アダムやアズライといった各部署の責任者たちが集められていた。

いや、今回の場合は〝部隊長〟と言った方がいいのかもしれない。

何故《なぜ》ならば——。

「そろそろ本業の方に取り組もう」

——店の休業日である今日は、闇の疾風《ブラック・ウィンド》の標的について話し合うからだ。

「クリス」

「はい」

マルスに呼ばれたクリスが、一同を前に軽く頭を下げた。

「では、殿下に代わりまして私から、今回の標的についてご説明させていただきます」

皆の視線が集まる中、クリスは用紙を手に説明を始める。

「今回、我々が標的といたしますのは、スピネー商会です」

「スピネー商会⁉」

さらりと出された大物の名称に、アダムが裏返った声を上げた。

スピネー商会といえば、ディアモント王国でも有名な大財閥だ。先に行われた王宮での建国記念式典にさえ、会長のゾーン＝スピネーが呼ばれるほどである。

「それってスピネー商会の会長であるゾーン＝スピネーの屋敷《やしき》を襲う――ってことか？　いくらなんでも難易度が高すぎるぞ」

「いいえ、違います。標的はあくまでも〝スピネー商会〟です」

「それって、ゾーン＝スピネー個人ではなく組織を狙《ねら》うってことか？」

しかし、スピネー商会は日用品から軍用品まで、製造から販売までを手がけている大財閥だ。〝スピネー商会〟とひとくくりにされても、その系列店は多岐に亘る。もっと的を絞ってもらわねばわからない。

そんな考えが表情に出ていたらしい。アダムが訝《いぶか》しげな表情でいると、クリスは「これから説明する」とばかりに手で制し、持っていた用紙をめくった。

「具体的に言えば、今回標的に考えているのはスピネー商会の隊商《ヽヽ》です」

スピネー商会はディアモント王国屈指の財閥であるのは周知の事実。

では、どうしてそこまで大きく育ったのかといえば、国内のみならず他国にも商売の手を伸ばしているからだ。

他国でも商売をするとなれば、当然、商品の輸出をしなければならない。

隊商とは、そんな国内製造製品を他国に運ぶ集団のことだ。クリスの話では、その隊商を襲う——と、いうことらしい。

「スピネー商会は月に一度、月初めに隊商を組んで出発しています。次の出発は三日後ですね。今回の行程は北側諸国を巡るものであることが判明しており、殿下はその隊商を標的に考えております」

「ちょっといいか？」

クリスの話に区切りがついたところを見計らって、ガネリアが口を挟んできた。

「スピネー商会の隊商を襲うってぇのはわかった。だが、その根拠はなんだ？」

「根拠、とは？」

「俺たちはどんなお題目を唱えようと、やってることたぁ盗《ぬす》っ人《と》だ。天下の法から外れた無法者よ。だからこそ、てめえらで立てた筋だきゃあ外れちゃならねえ」

「無法者の美学というヤツですか。それで？」

「だからよ、スピネー商会の隊商を狙うっていうからには、それ相応の理由がなくちゃぁならねえワケよ。闇の疾風は悪党の道理からも外れた外道しか狙わねぇ」

「魔石だ」

ガネリアの疑問に端的な答えを示したのは、マルスだった。

「キミらが知っているかはわからないが、スピネー商会は大魔石鉱地帯の採掘権を持っている。ただ、一企業がそこから採掘できる魔石の量は年間単位で決まっており、日々その採掘量を政府機関に確認されるわけだが……どうもその時点で、採掘量をごまかしている疑いがある」

「つまり……スピネー商会は不正に魔石を採掘して荒稼ぎをしているから標的にする──ってこと？　うぅ〜ん……」

アズライが簡潔に要点をまとめたが、しかしその表情は納得したとはいいがたい。

「確かに不正採掘は問題だけど、採掘量のごまかしなんて他のとこも多かれ少なかれやってるんじゃない？　それを理由に標的にするのは、なんだか大人気ないっていうか……ちょっとあたしは納得できないわね」

「採掘量だけならな、確かにそうだ。しかし僕が問題にしているのは、不法採掘した魔石を密輸していることなんだよ」

そう言って、マルスはテーブルの上に六面体の水晶のような石を置いた。

「それ、魔石じゃん」

マルスが取り出した石の正体に真っ先に気づいたのは、魔導具の調達や管理、改造を手がけるエメラダだった。役割的になのか、それとも元から好きなのか、テーブル上の魔石を真っ先に手に取って、光にかざして確かめ始めた。

「すでに術式が組み込まれてんな。この術式は……東方の連邦国のもんか」

「そんなことがわかるのか？」

アダムの率直な疑問に、エメラダは「当然だろ」と頷《うなず》いた。

「魔法ってのが魔導地脈から魔力を吸い上げて発動することは万国共通だけどさ、その迫り方《アプローチ》には地域ごとの癖みたいなのがあんだよ。見る奴が見ればわかるもんさ」

「へえ」

「それなら――」

素直に感心するアダムとは違って、マルスが得意気になっているエメラダに更なる問題を出した。

「――その魔石そのものが、どこで採れたものかはわかるか？」

「そりゃ、こんだけ不純物も少ない上物っていったら……あ、なるほどねぇ」

そこまで口にして、エメラダはピンと来たらしい。

「つまりスピネー商会が不法採掘した魔石は諸外国にばらまかれて、兵器開発の資源にされてるってことだな」

「ご明察。さすがだな」

伊達《だて》に闇の疾風の一翼を担っているわけではないらしい。まだ子供と表現しても差し支えない見た目と年齢だというのに、なかなかどうして他の面子《メンツ》よりも察しがいい。

「もう少し詳しく話そう。その魔石は東国の剣から取り外したものなんだが、入手したのはスピネー商会のとある倉庫の中だ。これが何を意味するのかといえば――」

「スピネー商会は、他国と通じて違法に武器の売買をしてる武器商人……ってことか？」

アダムの呟きに、マルスは「それだけじゃない」と言う。

「真の問題は〝他国の武器が国内に保管されていた〟ということだ。単に魔石の密輸だけなら、他国の武器を買って国内の倉庫に保管しておく必要はないだろ？　にもかかわらずそんな真似《まね》をしているとなれば、何やらキナ臭い空気を感じるわけだ。よもやスピネー商会ほどの大きなところが、武器の転売で小銭を稼ぐ必要もないだろうしな。もっと大きなことを考えていそうだ」

それに、こういう事実が明るみに出たことで、マルスにはもう一つ気になることが出てきた。

それは建国記念の祝典のときだ。スピネー商会を束ねる会長のゾーン＝スピネーは、自分の孫娘をマルスの嫁にしようと近寄ってきた。そのこと自体は本気か冗談だったのかはわからないが、そういう売り込みをしてくるということは、多少なりとも地位や名誉といった権力に興味がある――ということだ。

他国に上質な魔石を売り込み、代わりに武器を仕入れて国内の倉庫に隠し持っている。

そしてスピネー商会を取り仕切るゾーン＝スピネーは、多少なりとも権力や権威といったものに執着がある。

こうなると、どうしたって笑えない結論に行き着いてしまうのも、無理からぬことだ。

「ゾーン゠スピネーは武力による国家転覆を狙ってるってぇ言いたいのか?」

「可能性の話だがな。しかし、鼻で笑う気にはなれない」

闇の疾風の中で最年長であり、その分、世の中の酸いも甘いもかみ分けているガネリアが至った結論に、マルスは異を唱えることをしなかった。

「だから僕は今回、闇の疾風の標的としてスピネー商会を選んだ」

マルスは、その場にいる全員の顔を見回してから言葉を続けた。

「スピネー商会が国家転覆を狙っているかどうかはともかく、ただの商社が他国の武器を隠し持っていることも問題だ。スピネー商会で使われずとも、市井に流れでもしたら大きな混乱をもたらすだろう。無辜《むこ》の良民たちの生活が乱されるのは間違いない。それだけは、なんとしてでも阻止しなければならない。やってくれるか?」

「俺ぁ構わねぇぜ」

マルスの提言に、真っ先に賛成の意を表したのはガネリアだった。

「支配人《オーナー》の情報が間違ってねぇのなら、そういう輩《やから》を襲うことは闇の疾風の理念にも適ってるじゃねぇか」

「俺はどっちでも。やるならやるで、準備はちゃんとするさ」

自らを裏方だと自任しているだけあって、エメラダは判断を他の面々に託した。

「あたしがちょい気になってるのは、その〝情報〟ね」

賛同するガネリアや判断を委ねたエメラダとは違い、今も少し慎重姿勢を見せているのはアズライだった。

「魔石の違法採掘に武器の密輸なんて、いくらスピネー商会でも表沙汰《おもてざた》になったら無事で済む話じゃないでしょう？　どうやって裏を取ったのよ。情報の出所や真偽がはっきりしないんじゃ、危うくて動けないわ」

「情報元はクリスだ」

仲間に隠すこともないだろうとでも思ったのか、マルスは隠す素振りも見せずに情報元を明らかにした。

そんな名指しを受けたクリスは、「なんでバラした」と言わんばかりに渋い表情を浮かべていた。

「じゃあ、あなたはどうやって調べたわけ？」

「……調べるも何も、単に知っていただけです」

問われたクリスは、仕方なくといった体で答えた。

「知っていた？　なんであなたが、そんなヤバい情報を知っているのよ」

「それはもちろん、私が物知りだからですよ」

「……ちょっと支配人！　この人、かなり本気で胡散臭《うさんくさ》いんですけど⁉」

とぼけるようなクリスの態度に、アズライはたまらずマルスへ訴えかけた。

「いやまぁ、言いたいことはわからなくもないが、クリスの情報は信用していい。めぼしい標的を選んで調べろと命じたのは僕だし、僕の指示にクリスはいつも的確に応えてくれている。ほら、アダムのことを一晩で調べたこともあっただろう？　今回もそれと同じ要領でやってくれたんだ」

「くれたんだ――って、殿下……呑気《のんき》すぎでしょう。どんだけ信用してるの」

「物心がついた頃から、ずっと僕の専属で世話をしてくれているからな。クリスを疑うことなんて無意味だと思ってる」

「物心がついた頃から……？」

それだと計算が合わないような気がして、アズライはマルスとクリスを見比べた。

見たところ、マルスとクリスの年齢がそこまで大きく離れているようには見えない。せいぜい二～三歳の差といったところだろうか。

その見立てが正しいとするならば、クリスがマルスの世話係になったのも物心がついた頃――ということになる。王位継承権が第二位とはいえ、第一王子の世話係にそんな幼い従者をつけるものだろうか。

「あなた……年、いくつ？」

「…………」

アズライが意図せず口を衝《つ》いて出てきたそんな問いかけに、クリスの答えは薄い微笑《ほほえ》みのみ。その表情に、なんだか毒気を抜かれてしまった。

「まぁいいわ。あたしだって別に、本気で疑わしいと思ってるわけじゃないもの。事が事だけに、いちおう念のために聞いただけだし。支配人がそこまで信用してるなら、こっちも信用してやろうじゃないの。やるならやりましょ」

半ば投げやりに、アズライも実行に賛成の意を示した。

「店長は……って、聞くだけ無駄ね。どうせやる気なんでしょ？」

「んー……」

アズライに話を振られたアダムは、しかし腕を組んで眉間《みけん》に皺《しわ》を寄せていた。

「ど〜すっかなぁ」

「えっ⁉」

予想外の一言に、その場にいる全員が驚きの声を上げた。

「どうしたの、店長。こういうとき、誰よりも乗り気な人がらしくないわね」

「いやあ、うーん……そういうんじゃなくてだな」

なんだか珍しいものを見るようなアズライに、アダムは眉間に深く刻んだ皺をほぐそうともせずに唸《うな》り続けた。

「何か、気に入らないのか？」

口調は穏やかに、しかし向ける眼光を鋭くしてマルスが問いかける。

「気に入らないっていうか……」

対してアダムの返答は、どこか歯切れが悪かった。

「なんかこう、嫌な感じがするんだよ。背中がムズムズするというか、据わりが悪いというか……上手《うま》く言えないけど、やめといた方が良《い》い気がするんだよな」

「なんだそれは？」

まったく要領を得ないアダムの言い分には、さすがのマルスも呆《あき》れるしかなかった。

「つまりおまえは、『なんとなく』という理由でやめた方が良いというわけか？　おいおい、僕の話を聞いていたか？　下手をすると、国がひっくり返るような動乱が起きるかもしれないんだぞ」

「ちゃんと聞いてたよ。聞いてたけど、そこまでの大事なら正規の手段で警備兵にでも訴えればいいんじゃないのか？」

「そういう正攻法が無意味だから、闇の疾風でやるべき仕事だと僕は思っているんだ。仮に警備兵に連絡したとしても、握りつぶされて有耶無耶《うやむや》にされるのがオチだぞ？　相手には、それだけの財力があるからな」

「そんな大袈裟《おおげさ》な……」

「そう思うか？」

至極真面目《まじめ》な面持ちでアダムを見据えて、マルスは反論を断ち切った。事実、違法行為がもみ消される場面には幾度となく遭遇したことがある。

先日行われた建国記念の式典では早々に切り上げたので耳に届くことはなかったが、他の社交の場では軽犯罪から耳を疑うような重罪まで、いろいろな犯罪行為が井戸端会議のような日常会話の延長線上でもみ消されている。

「それでも、この案件には乗り気になれないか？」

改めて、マルスが重ねて問うが、当のアダムは「うーん」と唸って煮え切らない。

「……あ。なんか俺、わかっちゃった」

そんな中、口を開いたエメラダは何がわかったというのか、にんまり笑っていた。

「店長、もしかして前回の失敗を引きずってるんじゃね？」

「前回の失敗？」

なんのことだとマルスが首をかしげれば、エメラダは「王宮に忍び込んだこと」と端的に答えた。

「結局失敗してさ、盗みに入った先で身元バレしちゃうような大ポカこいてんじゃん？そのことが心に引っかかってんじゃないの？」

「つまり、負け癖がついてしまったということか？　なるほどな」

、エメラダの推測に、マルスは得心したように頷いて、盛大にため息を吐いた。

「……情けない奴だな」

「ええい、勝手に話を作るな！　そんなんじゃねぇよ！」

マルスから哀れむような目を向けられては、黙っていられないとばかりにアダムは怒鳴り返した。だがしかし、そんな態度を返したところでマルスどころか他の面々も納得するわけがない。

「そんなんじゃないというのなら、どんなのだと僕らは聞いているんだ」

マルスの言葉は決して強いものではなく、どちらかといえば静かなものだった。その分、アダムが軽口で言い返せない程度の迫力があった。

「いいか、アダム。僕らは今、闇の疾風としての意思確認を行っているんだ。そのために言葉を交わしている。今回の一件を『やめた方が良い』と言うのなら、その理由も言語化してくれ。それができないのなら、おまえの意見はないに等しいと言わざるを得ない」

「ぐぬぬ……！」

マルスの言葉にアダムも反抗心が大いに刺激されたようだが、その反面、言ってることは概《おおむ》ね正しいと感じてしまったらしい。返す言葉が見つからないように唸った。

「ああもう！　わかったよ。でも、それなら一つだけ確認させてくれ」

反論はできないけれど、それでも最後の抵抗なのか、アダムはクリスに目を向けた。

「情報はどこまで摑《つか》めてる？　隊商の規模とか、同行する護衛や魔導人形《ゴーレム》の数とか、そういうところの情報だ」

「およそ三十人程度になるでしょう」

「三十人？　少ないな……どっから出てきた数字なんだ？」

「これまでの隊商護衛の前例と、会長であるゾーン＝スピネー氏の人間不信による推測です。代わりに、魔導人形の数は十体配備されています。魔道士階級《ワーロッククラス》の魔法使いが使役しているようで、使用権の剝奪《はくだつ》は容易ではないと」

「あら、たかだか魔道士が操ってる魔導人形でしょう？」

　クリスの説明に敏感に反応したのはアズライだ。

「あたしをナメないでもらいたいわね」

「確かに、あなたなら大丈夫でしょう」

　自信たっぷりな態度を茶化すでも馬鹿《ばか》にするでもなく、クリスが素直に認めるものだから、アズライは肩すかしを食らった気分になった。

「やけに殊勝な態度ね……」

「私、物知りなので。あなたのこともだいたいわかっておりますから」

「………」

　いったい何がわかっているのかと問い詰めたくなったが、クリスが向ける底知れぬ眼差《まなざ》しに射貫かれて、アズライは喉《のど》を鳴らして口を閉ざした。

「護衛が三十人に魔導人形が十体……か」

クリスからの情報が正しければ、今回の仕事に不安を覚える要素はどこにもなかった。

それどころか、標的のことがすべてわかっているだけに楽な仕事と言えそうだ。

何より、相手はスピネー商会である。かなりの実入りが期待できる。

「……わかった。今回の仕事は獲物の規模も裏で行っている悪事も大きく、さらに言えば仕事の難易度もそんなに高くないしな。やろう」

「本当にいいんだな？　後になって『やっぱりやめる』とか言い出すのはなしだぞ」

確認を取るようなマルスに、アダムは「わかってるよ」と答えた。

「この期に及んで撤回なんてしないさ」

「よし」

アダムも〝賛成〟に加わり、これで闇の疾風としての総意は決まった。

「では、標的をスピネー商会の隊商にすることで異論はないな？　決行は三日後になる。各自、準備を怠るなよ」

マルスを加えた新生闇の疾風による初めての仕事が始まる。

3

ディアモント王国から北側の国に向かおうとする場合、選べるルートは二つある。

一つはカディオ山岳地帯を突っ切る直線ルート。もう一つは、カディオ山岳地帯を避ける迂回《うかい》ルートだ。

直線ルートは、いわゆる山越えになる。といっても、カディオ山岳地帯には一ヵ所、不自然に山が削られた渓谷があり、昔から何故か〝嘆きの渓谷〟などと呼ばれている。そんな不穏な名称とは裏腹に、そこを通れば幾分楽に山越えはできるだろう。

ただ、それは個人の旅人ならばの話である。他国で商売をするために、大量の商品を運ぶ隊商ともなれば、直線ルートはやはり険しい道のりといわざるを得ない。

「そうなると、残るのは山岳地帯を避ける迂回ルートしか残されていないわけだ」

ディアモント王国の城下町を抜け、なだらかな草原が続くピュリア街道を半日ばかり進んだ場所にある野営地には、日が暮れて大規模な野営が張られていた。

その様子を遠く離れた見張り場所から確認したマルスは、予想どおりの状況に口端《こうたん》を吊《つ》り上《あ》げた。

「くっくっく、これから襲われるとも知らずに呑気なものだ……！」

「やめーい！」

かなり邪悪な笑みを浮かべるマルスに、アダムはビシッとツッコんだ。

「なんで悪役みたいな空気作ってんだよ⁉　俺たちはそういうんじゃないから！」

「む、そうなのか？　世の正義を法に照らして図るなら、盗賊というのは程度の差こそあれ悪役になると思うのだが？」

「いやまぁ、そうかもしれないけれども！　だからって俺たちは、そんな悪役ぶるような外道仕事なんてしないから！」

「外道仕事？」

聞き慣れない表現にマルスが首をかしげれば、アダムは「殺しと強姦《ごうかん》」と端的に答えた。人の道から外れた方法で仕事を行うことを〝外道仕事〟というらしい。

どうやら法から逸脱している裏稼業の人間の間でも、そういう人間の尊厳を傷つけ奪うような真似をする輩は忌み嫌われるもののようだ。

「とはいえ、俺たちだって今回みたいな略奪行為の場合は、警備についてる人間をある程度は無力化しなくちゃならない。そのとき荒っぽいことになっちまうのが、痛《いた》し痒《かゆ》しなところでもあるなぁ」

「ふーむ……確かに難しい問題だな」

「っていうか……」

マルスが深く納得していると、今度はアダムの方がどこか思い悩むような、左右非対称の表情を浮かべた。

「その格好、いったいなんなの？」

「む？」

アダムに指摘されて、マルスは自分の格好に視線を落とした。

荒事になるから汚れてもよくて、なおかつ身元がバレないような格好をするように——と言われ、上はプールポワンにフードつきのサーコート、下はスラックスという格好にしたのだが、何か問題あるのだろうか？

「普段、僕があまりしないような格好で、なおかつ肌に密着しないゆったりとしたものを選んだ。戦いになった際に相手の距離感を惑わす狙いもあるのだが？」

「俺が言いたいのは色だよ、色！」

思わずアダムが声を荒らげるように、マルスの服装は朱色を基調とした、目立つことこの上ない格好だった。これでは闇夜《やみよ》に潜むこともできやしない。

「わかってないなぁ……俺ら盗賊だぞ？　目立っちゃ駄目なんだよ。なんでその色を選ぶかな」

アダムが呆れて嘆息するが、マルスの方こそ「やれやれ」と言わんばかりに肩をすくめた。

「僕らは不正を働いて弱者を食い物にしている利権者に、その悪行を思い知らせることも活動の一環じゃないか。単に『賊に襲われた』と思われるだけでなく、〝何故、襲われたのか〟ということを理解させるのも仕事だ。そのためには、闇の疾風の存在を喧伝《アピール》することも必要だろ。なのに、地味で目立たないようにしてどうするんだ？」

「言いたいことはわかるけど、それはあくまで理想であって現実は厳しいだろ。襲われた方は報復とか考えるだろうし、そんなことをしたら今後ずっと行方を追われるぞ」

「おいおい、何を今さらそんな常識的なことを言ってるんだ」

　真っ当なことを言うアダムに対し、マルスは薄く笑った。

「僕らが優先すべきことはなんだ？　民を守ることだ。そのためには法を犯すことも、汚名を着ることも覚悟の上だ。そうだろう？」

「……自分の正義だけで語るのは、危険だぞ」

「かもな」

　複雑な思いを隠そうともしないアダムに不敵な笑みを見せたマルスは、「そろそろ最後の確認を行おう」と言い残して、他の仲間たちが待つ本陣へと戻っていった。

一人先に拠点へと戻るマルスの後ろ姿を見送りながら、アダムは複雑な表情を浮かべていた。

「あいつは……強いなぁ……」

「あなたもそう思われるのですか」

「うぉぁっ!?」

誰に聞かせるでもない言葉を拾われて、アダムはその場から飛《と》び退《の》いて反射的に腰の短剣を抜剣するほど驚いた。

「私です」

警戒心を剝《む》き出《だ》しにするアダムを落ち着いた静かな声で制し、暗闇の中から音もなく現れたのはクリスだった。

「あ、あんたか……驚かさないでくれ」

「別に驚かせるつもりはありません。少しあなたと話がしたいと思っていたのですが……」

クリスはしれっと答えるが、アダムにしてみれば冗談ではなかった。

盗賊などと、お天道様《てんとさま》に顔向けできないことを生業としている分、人の気配には敏感なはずなのに、クリスのことは声をかけられるまでまったく気づかなかったのだから。

「…………」

そんなクリスは、なんのつもりなのか、ただじっとアダムを見つめている。

「……な、なんだよ……？」

真《ま》っ直《す》ぐに見つめられてアダムが少し気後れしていると、クリスは「いえ……」と言って視線を逸《そ》らした。

「話があるんじゃなかったのか？」

「……いえ、もう結構です。わかりました」

「は、はぁ……？」

なんだか要領を得ない話だ。いったい何が〝わかった〟というのだろう。

（そういえば……）

アダムはふと気づいた。

クリスとこうして二人きりになるのは、もしかすると初めてかもしれない。何しろ彼女はいつもマルスの側にいるし、そうでない場合は店で給仕の仕事をしているときで、他の従業員もたくさんいる中だ。〝二人きり〟ということにはならない。

そういうこともあって、クリスとの交流は極端に少ない。わかっていることといえば、本来であれば表に出ることもなさそうなことまで知っている情報通であることと、見た目とは裏腹にべらぼうに強いということだけだ。

それはそれで、問題かもしれない。これから裏仕事だというのに、仲間のことをよく知

らないのだから。

「話といえば、俺もかな。アズィーじゃないけど……あんた、ホントに何者なんだ？　これからヤバい仕事だってのによく知らないのは困るし、詳しく教えてもらいたいとこなんだけどさ」

「……私のことを知りたければ――」

ゆっくりと、クリスは言葉を選ぶように口を開いた。

「――自分のことを知り、力を示すことです」

返ってきたのは、そんな言葉。

「なんだそりゃ……？」

「殿下はそうしてきましたよ」

首をかしげるアダムに、クリスはマルスのことを例に出して言葉を続けた。

「あの方は私に強さを示してきました。あの方は、生まれながらの〝王者〟です」

「なんだよ、出自の話か？　そりゃあ、マルスは生まれながらに王家の人間だろうけど、俺は――」

「そういうことではなくて」

アダムの言葉を、クリスは静かに遮った。

「王者とは、自らの信念に基づいて人々を導く者のことです。その考え方が結果として間違いであったとしても、自らを信じて我が道を征く強者には誰も彼もが共鳴し、感化され、ついて行くのです。そんな輝ける魂を持つ〝王者〟にこそ、私は私が傅《かしず》くに相応《ふさわ》しい相手であると認めます。決して、家柄や出自に左右されるものではございません」

「あの王子様にはそれがあるって？」

「だから私は、数多《あまた》のディアモント王家——アカツキの血族の中からあの方を選び、つき従っているのです。しかし——」

　それだけでは足りない——と、クリスは続けた。

「何者にも、何事にも屈しない強さを殿下はお持ちです。ですが、強さとはそれだけではありません。純然たる力、武力による強さが足りません。英雄としての強さが、あの方には足りない。……あなたは、どうですか？」

　クリスは、アダムの目を覗《のぞ》き込《こ》むように見つめながら問いかける。その眼差しは、何故だろう、人と同じでありながら人とは違う、人を超越した何かに見える。

「あなたに強さはありますか？　折れず、挫《くじ》けず、躊躇《ためら》わず、如何《いか》なる苦難や困難にも屈せずに抗《あらが》う強さが——勇気がありますか？　その魂に、剛毅《ごうき》さが宿っていますか？　宿っているのならば私に示しなさい」

「……何を言ってるんだ？」

　まるで聖者から説法を受けている気分を味わっていたアダムが、絞り出すようになんとか返せた言葉がそれだった。

「私のことが知りたいのでは？　そのための――儀式、とでも申しておきましょうか」

クリスは、アダムが自分に問いかけた言葉を使って答え、薄く微笑んだ。

「さて、そろそろ時間ですね。皆様のところへ戻りましょう」

話を現実に戻して踵《きびす》を返《かえ》すクリスに、アダムは引きとめて問いただすような言葉が見つからなかった。

4

ゾイストという男がスピネー商会の隊商護衛について警備兵となったのは、今から五年ほど前のことだ。職を探しても望むような業種にありつけず、かといって食《く》い扶持《ぶち》を稼ぐためにも働かねばならず、そうしてなんとかありつけたのが警備兵という仕事だった。

経緯が経緯だけに、ゾイストは隊商護衛の仕事に誇りや責任感など持ち合わせていなかった。それどころか、あまりにも劣悪な待遇に辟易《へきえき》しているほどだ。

他のところは知らないが、スピネー商会の隊商護衛についている人間に求められている役割は、徹底して壁である。

襲ってくる賊から商品を守るための壁なら当然の話なのだが、実は商品を守るのは二の次なのである。

ならば何を守るのかというと――同行している魔法使いたちだ。彼らこそ、ゾイストたち隊商護衛の任についている者たちが本当に守らなければならない対象だった。

そもそも、スピネー商会の隊商で一番の戦力になるのは魔導人形だ。その魔導人形を操るのは魔法使いたちである。

もし、魔法使いたちが賊に襲われて命を落とすようなことになれば、隊商護衛の核になっている魔導人形は動かせない。魔導人形が動かせなければ、魔導人形に頼った護衛戦力は大幅に低下する。戦力が大幅に低下すれば、隊商護衛の警備兵たちも命を落とす危険度が高くなる。

必然的に、隊商護衛の警備兵たちは運搬している商品と同じくらい大切に、いやそれ以上に、魔法使いたちも守るような編隊になっていた。

おそらく、それが一番の問題なのだろう。

魔法使いたちの方も、自分たちこそ隊商の中核だと自負している。

もちろんそれは間違いではないし、警備兵たちも魔法使いたちが操る魔導人形に頼っている部分は大きい。

だが、だからといって魔法使いが警備兵よりも偉いというわけではないのだ。

隊商において一番大事にしなければならないのは、本来であれば運搬している商品だ。

人を守るとしたら、同行している商人などの非戦闘員くらいだろう。

しかし、魔法使いたちはゾイストと同じ〝戦闘員〟なのだ。そこに優劣の差はなく、有事の際には協力し合って賊を撃退する〝仲間〟であってしかるべき。

なのに魔法使いたちは、警備兵たちを自分たちの補佐――いや、従者のように捉《とら》え、傍若無人に振る舞っている。

ゾイストだけでなく、おそらくすべての警備兵たちが、そんな魔法使いたちの態度に不快感を抱いている。今では対立しているような状況であり、それでも大きな問題になっていないのは、警備兵たちが我慢しているからだ。

そんな我慢もそろそろ限界に近づいているが、だからといって魔法が使えない警備兵たちにできることは何もない。魔法使いたちに反抗して一時的には溜飲《りゅういん》を下げることもできるだろうが、有事の際にそれで非協力的な態度を取られても困る。

いっそのこと、隊商護衛という仕事を辞めてしまおうか――と考えたこともある。だが、なかなか踏ん切りがつかない。

苦労してようやく就くことができた仕事を手放しても、次の仕事がそう簡単に見つかる保証はないからだ。特に今の世の中だとなおさらに。

結果、ゾイストは今の仕事を辞めることも、魔法使いたちの態度を正すこともできず、ただ諾々と受け入れるしかなかった。

結局、魔法使いたちと警備兵たちとの軋轢《あつれき》は一向に解消されることもなく、このギスギスした空気が消えることはないだろう。

そんなことを、改めて考えていた矢先のことだった。

「……なんだ？」

肌感覚というのだろうか、何かがおかしいような気がしてゾイストは周囲を見渡した。

ピュリア街道は、なだらかな平地が続く見通しの良い場所だ。その上、野営地に選ばれるような場所は四方が開けていて近づく影があればすぐにわかる。賊の立場でいえば、奇襲や夜襲を仕掛けるには不向きな場所といえるだろう。

なのに感じる妙な気配。いつもと違う空気感。

ゾイストとて、護衛の仕事を嫌々こなしているといっても五年の経歴がある。戦闘能力には不安があっても、危険を察知する能力は人一倍だ。

何かがおかしい――そう感じるのであれば、その感覚は間違っていない。

爆発音が轟《とどろ》き、炎の明かりで夜の闇が取り払われたのは、その直後だった。

音と光に驚いて目を向ければ、魔導具を操る仮面をつけた武装集団が馬を駆って襲いかかってきていた。

「てっ、敵襲だぁっ！　賊が現れたぞ！」

誰とも知れず上がった声に、警鐘の音が重なり合う。

しかし、対応が間に合わない。

馬に乗った賊の集団は、手に持つ剣や弓の魔導具——魔剣や魔弓から炎や雷を放ってゾイストの同僚である警備兵たちを薙《な》ぎ払《はら》っていく。

「我らは盗賊団、闇の疾風！」

突然の襲撃に動揺と混乱が広がる隊商に、襲撃してきた賊の中で鴉《からす》のような嘴《くちばし》のある仮面で顔を隠す一人の男が、威嚇するかのように名乗りを上げた。

「我々はスピネー商会が不正を働き、弱者を虐げて手にした財を頂戴《ちょうだい》しに来た！　抵抗せずにすべてを差し出せば貴君らに危害は加えない！　しかし、刃向かうのであれば容赦しない！　悪行を重ねるスピネー商会のために命を差し出す愚か者は、遠慮なくかかってくるがいい！　そうでなければおとなしく退け！」

その威風堂々たる口上に、警備兵の動きが鈍る。

抵抗しなければ危害を加えないという言い分に、心のどこかで安心する者もいれば、盗賊の言うことなどアテにならないと警戒する者もいる。警備兵が賊の言いなりになって抵抗しないのは本末転倒だと自尊心を奮い立たせる者もいれば、スピネー商会の不正という発言に思い当たるところがあって動揺する者もいた。

かくいうゾイストとて、警備兵の仕事に嫌気がさしていたし、スピネー商会の従業員に対する冷遇には少なからず思うところがあった。自分の命を張ってまで隊商を守るのはどうだろう。義務はあっても義理はなく、このまま無抵抗で降伏した方がいいと考えていた。

賊の一人が放った口上があまりにも立派で耳に届き、聞き入るほどであったからこそ、突然の襲撃に動揺し混乱していた頭に〝考える〟という余裕ができていた。

――だが、待てよ……？　と、ゾイストはそこで考えを改めた。

敵は果たして、何人だ？　こちらの戦力を上回り、圧倒するだけの大軍勢なのだろうか。

そもそも野営を張っているピュリア街道は、見通しのいい開けた場所だ。賊の奇襲には確かに驚いたが、裏を返せば、奇襲が成功したのは警備兵に気づかれないほどの少人数で襲ってきたからかもしれない。

だとすれば、怯えることなどないはずだ。

何しろこちらには十体もの魔導人形がついている。魔法使いたちが魔導人形を繰り出せば、それだけで形勢は逆転し、逃げ惑うのは盗賊たちの方になるだろう。

「ええい！　何をしているか、無能な警備兵《肉壁》ども！」

ゾイストたち警備兵を蔑《さげす》む台詞《せりふ》とともに、大地を揺るがしながら巨人が現れた。魔法使い――スピネー商会が雇っている魔導士たちが操る魔導人形だ。

その大きさは、馬上の人間を見下ろすほどもある。人の形をしているが、その体表は岩石を彫って作ったようにゴツゴツとしていた。

そんな魔導人形が十体、盗賊たちに向かって進軍を始める。

対して盗賊は、その中の一人、髑髏《どくろ》の仮面で素顔を隠す偉丈夫が、両手で扱う大剣を振り上げて果敢にも魔導人形へ斬《き》りかかった。

「ぬうんっ！」

渾身《こんしん》の力を込めて振り下ろされた刃が、魔導人形の体躯《たいく》とぶつかる。直後、稲妻の青い閃光《せんこう》が迸《ほとばし》り、夜の帳《とばり》を瞬間的に払拭《ふっしょく》する。大剣に仕込まれた魔導回路が、斬りつけると同時に稲妻の魔法を発動させていた。

まるで蛇のように稲妻が魔導人形に絡みつき、動きが止まる——が、それも一瞬のこと。首を巡らせた魔導人形は髑髏仮面の男を見て取ると、躊躇いなくその豪腕を振り下ろした。

しかし髑髏仮面の男は、間一髪のところで回避する。

「相変わらず硬ぇな、こん畜生！」

「ふん。当然だ、愚か者め！」

毒づく髑髏仮面を見て、魔導人形を操る魔道士が鼻を鳴らした。

「魔導人形は現代における汎用型《はんようがた》の攻城兵器でもあるのだ！　人の手で扱う武器で傷つけることはもちろん、魔法とて通じん！」

魔道士が得意気になるように、それこそが魔導人形の一番の特色ともいえる。

客観的に見て、魔導人形は大きくて動きも鈍い。力がどれほど強くとも、戦場では格好の標的になると考えるのが当然だろう。

それでも現実は、魔導人形こそ戦場における決戦兵器のような地位を維持していた。

その理由は、まさに鉄壁ともいうべき頑強さにあった。

まず、生身の人間の力では傷一つつけることができない。それほどまでに硬い。

見た目はただの岩人形だが、その強度は魔導回路の影響なのか、鋼以上になっている。

加えて、魔導具を使った魔法を弾《はじ》く効果も付与されており、魔法攻撃も一切通じない。

もし破壊するとしたら、同じ魔導人形同士で殴り合いをさせるしかないだろう。

唯一の欠点は、魔導具を持たせても上手く魔法が発動しないことだ。魔導人形そのものが魔導回路で動いているため、干渉し合って上手く発動しないのではないか――というのが、魔法使いたちの見解である。

とはいえ、魔導人形が魔導具を使えずとも、一騎当千の強さがあるのは間違いない。少なくとも、人間が束になってかかっても太刀打ちできないほどに。

「スカル、無茶をするな！　距離を取れ！」

鴉仮面の男の指示に、髑髏仮面の男は素直に従って魔導人形から距離を取る。

「ふっははは！　賊どもめ、我々の魔導人形から逃げおおせられると思っているのか！」

ズッ、ズズン……ズォン！　と大地を踏みしめ、大きく揺らしながら魔導人形が一体、また一体と集まってくる。

その数は、十。

たった一体だけでも太刀打ちできずに退いた盗賊団にとっては、絶望的な戦力差といえるだろう。

「一人たりとも逃しはせん！　愚劣な賊など、余すことなくひねり潰《つぶ》してやるわ！」

魔道士からの指示を受けた魔導人形が腕を振り上げ、そして――スピネー商会の魔道士たちに向かって、丸太のように太く堅い拳《こぶし》が振り下ろされた。

「ぎゃあああぁぁぁぁぁっ！」

粉砕音とともに巻き上がった声は、盗賊団からではない。スピネー商会の護衛兵や魔道士たちからだった。

何事かと思う暇もなく、魔導人形が一体、また一体と反旗を翻し、スピネー商会の護衛兵たちに拳を振り下ろしてくる。

「なっ、なんだ？　何故、言うことを聞かんのだ⁉　――ッ！　まっ、まさか……！」

魔導人形が突然命令を受けつけなくなり、それどころか隊商護衛の魔道士たちに攻撃を仕掛けてくるような事態に、考えられることはただ一つ。

「我々から魔導人形の所有権を奪ったというのか⁉」

あり得ないこの状況に、スピネー商会の魔法使いたちは混乱した。

確かに、魔導人形の所有権の奪い合いは如何なる戦場でも定石ともいえる戦術だ。しかし、それを成立させられるかは魔法使いの腕にかかっている。

曲がりなりにもスピネー商会の隊商護衛についている魔法使いは、皆が魔道士を名乗れるほどの腕前だ。おいそれと魔導人形の所有権を奪われるようなヘマはしない。

にもかかわらず、起動から五分と経《た》たずに大半の魔導人形の所有権が奪われた。明確に敵となって暴れている。

そんな芸当ができるのは、それこそ軍属の魔法使い――賢者《マギ》と呼ばれる上級職の魔法使いでもなければ不可能だ。

「何故、そんな魔法使いが盗賊団などに……うっ、うわあぁぁぁっ！」

スピネー商会の魔道士が抱く疑問は、奪われた魔導人形の一撃によって断ち切られた。

「スピネー商会の魔法使いだから、どんなもんかと思っていたけれど……なんだか拍子抜けするくらい手ぬるいわね」

同日同時刻。

スピネー商会の隊商が闇の疾風に対して魔導人形を投入し、その所有権をあえなく強奪されて阿鼻叫喚《あびきょうかん》の地獄絵図に変わったその頃、野営地を一望できる離れた丘の上で、演劇の中に登場する魔女みたいな大きなとんがり帽子と、地面を擦《こす》るほどに長いマントで身を包んだアズライが、つまらなそうにぼやいた。

「殿下の初陣だから張り切っていたのに、なんだか肩すかしされちゃった気分」

「殿下じゃなくて〝クラウン〟な」

自分を呼ぶアズライの言葉に、道化のようなマスクで目元を隠すマルスが釘《くぎ》を刺す。

闇の疾風の中では〝念のため〟ということで、各々《おのおの》の名は仮面や見た目にちなんだ秘匿名《コードネーム》で呼ぶようにしてある。

たとえば、道化の仮面を身につけているマルスは〝クラウン〟。

古の魔女みたいな格好をしているアズライは〝ウィッチ〟。

鴉の仮面のアダムは〝クロウ〟。

髑髏の仮面のガネリアは〝スカル〟。

もちろん、それ以外の団員たちも、見た目に応じた秘匿名で呼ばれている。

「それにしても……なんで僕が後方待機なんだ？　納得いかん」

「クラウンは、どちらかというと指揮官向きだからじゃない？　前に出るよりも、後方から全体を見渡して指示を出すのが似合ってるのよ」

「後方からの指示と言われてもな……」

マルスは、王宮から持ち出した明度と倍率の高い遠眼鏡で、野営地の様子を覗いてみた。もはや勝負はついたというのか、アズライに所有権を奪われた十体の魔導人形と、アダムやガネリアといった実動部隊の面々に囲まれて、抵抗する素振りすら見せないスピネー隊商の護衛兵や魔法使い、商人たちからは、絶望に満ちた様子が見て取れる。

「指示を出すまでもなく、事が済んでしまっているんだが」

「まぁ、あたしたちはこういうことを生業にしているからね。毎回毎回吊り橋を渡るような危険と隣り合わせじゃ、やってられないでしょう？　でも、まぁ、今回は特に楽だったわ」

「ほう？」

マルスが興味深そうに相づちを打ったからか、アズライは話を続けた。

「まず、標的の情報が異常なほど正確だったこと。これで、ある程度の対処は事前にできていたわけだし。あとは標的の戦力が魔導人形中心だったのも楽な要因ね」

「魔導人形は〝いるだけで脅威〟というのが、戦場での常識なんだがな」

「あたしたちは戦争してるわけじゃないもの。軍属の魔導人形なら所有権を奪われないように魔法障壁が分厚いんだけれど、民間用だと基本そのままなのよ。それはスピネー商会の隊商でも同じだったみたいね。簡単だったわ」

「簡単といってもだな……一人で十体の魔導人形の所有権を奪い、同時にすべてを操る魔法使いなんて聞いたこともないぞ」

「それだけあたしが凄《すご》いってことよ」

うそぶいて胸を張るアズライだが、実際、アズライは規格外のことをしている。

確かにアズライ自身が言うように、民間用の魔導人形は軍用に比べて障壁が薄いのかもしれない。だからといって、いくら腕のいい魔法使いでも十体同時にすべての所有権を奪い取ることは、軍属の魔法使いにだってできるかどうかもわからない。

「……その足下の魔法陣が、干渉魔法の陣なのか？」

「そうよ」

アズライの足下に描かれている光の輪に目を落としたマルスからの質問に、アズライは頷いた。

「あたしの足下にあるのが大本の魔法陣。そこから枝葉を伸ばして他と繋《つな》がっている十個の小さな魔法陣が、掌握した魔導人形の魔導回路を解析した魔法陣。すべての魔導具は魔導地脈と繋がっているから、そこを経由して干渉するわけね」

だからこそ、魔法陣というものは常に地面に現れる。そして、魔法使いは自分自身を媒介として魔導地脈と繋がり、自身の魔力を釣り糸のように垂らして他の魔導具に潜り込んで干渉し、魔導回路を解析して所有権を奪う。

マルスも知識としては知っているが、自分自身に魔法は使えないし魔法使いが実際に魔導具に干渉しているところを見たこともなかったので、今、アズライがして見せていることはとても興味深いものだった。

「そもそも自分の魔力と魔導地脈の魔力を繫ぐという感覚がわからん。だから僕には魔法が使えないのかな？」

「殿下には、そのようなものなど必要ありません」

どこか残念がっているマルスに、ぴしゃりと言い放ったのは揚羽蝶《あげはちょう》の仮面をつけたクリスだった。その見た目からもわかるように、秘匿名はパピヨン――かと思えば、本人が言うには「スワロウテイルとお呼びください」とのことだ。

「魔導地脈と人間が直接繫がるのは、あまりお薦めできる方法ではありませんから」

「あら？　今のご時世、そうしなければ魔法は使えないのよ？」

魔法使いのアズライが口を挟めば、クリスは「はぁ……」とため息を吐かんばかりに肩を落とした。

「それが、そもそもの間違いなのです。こんなまがいものに頼るから、本質を見落とすことになるというのに」

「……んん？」

クリスの言葉に、アズライは眉《まゆ》をピクリと震わせた。

魔法使いの尊厳を傷つけられて癪《しゃく》に障った——というわけではない。アズライは自分のことを魔法使いというよりも、ヴァーチェの研究者と自負している。そちらで蔑まれるならともかく、魔法のことであれこれ言われたって気にしない。

それよりも、今のクリスが放った言い分の方がよっぽど気にかかる。

「まがいものって……今の世の中で使われている魔法を〝まがいもの〟って言うのなら、あなたが言う正しい魔法ってなんなの？」

「……それを私に言わせるおつもりですか？」

矢継ぎ早に問いただすアズライに対し、けれどクリスは揚羽蝶の仮面の下、冷ややかな眼差しとともに言葉を返した。

「あなたこそ、本当の魔法をご覧になったことがあるのではないですか？　そうですね、一番簡単なのは空を飛ぶことでしょうか。あるいは火球を放つことも基本だと聞いたことがあります」

「聞いたこと……って」

「あなたは、どこまでできますか？」

「——ッ⁉」

クリスの一言に、アズライが顔色を変えた。大きなとんがり帽子の鍔《つば》で隠れていてもわかるほど、まるで喉元に刃を突きつけられたかのように狼狽《ろうばい》していた。

「な……なんなの、いったい。なんでそんな……なんでもかんでも見透かしているみたいに……気味が悪い！」

「隠そうとしていたのなら、もっと慎重になさった方がよろしいのでは？」

言葉を震わせるアズライに、クリスはしれっと言い返した。

「その魔女の衣装、私には見覚えがありますよ。そもそも、それはあなたのものではございませんね？　先祖代々伝わってきたものとお見受けいたしましたが？」

「え？」

「その衣装に使われている生地は魔法の加護が施されています。千年くらいなら十分保つでしょう。あの人がそれを手放すわけがありませんから、子から孫へと受け継がれてきたものだと――」

「ちょっ、ちょっと待って！」

クリスの言ってることは、まったくわからない。わからずに混乱して、アズライは口を挟んだ。

「いったい、なんの話⁉　確かにこの衣装は、うちに代々伝わるものだけど……なんであなたが、そのことを知ってるの⁉」

「あら、ご存じない？」

アズライがひどく狼狽しているからなのか、クリスはどこか可笑《おか》しそうに鼻を鳴らした。

「あなたは、ヴァーチェなどというものを調べる前に、まずはご自身の家系を——いえ、もっと身近なところから……それこそ、その魔女装束がどのようにして伝わったものなのかを調べた方がよろしいのでは？」

「この、衣装を……？」

確かに、アズライが今身につけている魔女の衣装は母から「家に代々伝わるものよ」と言われて譲り受けたものだ。

ただ、見た感じはまだ綺麗《きれい》で生地も弱っていないし、そんなに古いものではないと思っていた。せいぜい祖母か、曾祖母《そうそぼ》が使っていたものだろう、と。

違うのだろうか？

違うとすれば、それならいったいどういう謂《い》われのあるものなのだろう。

「……あなた、もしかして古の——」

「おい」

そこへ差し込まれたのは、遠眼鏡で野営地を眺めていたマルスの声だった。

「何か妙だぞ」

「え？」

マルスに言われて、アズライも野営地に目を向けた——その、直後。

「ゴオオオォォォォォォォォォォォォッ！」

天地を揺るがすような断《いなな》きが轟き、まるで落雷のような閃光が闇夜を切り裂いて紅蓮《ぐれん》の炎《ほのお》を交えた爆発が巻き起こった。

「な――っ⁉」

その光景に、マルスやアズライが顔色を変える。見れば、アズライの足下に描かれている大本の魔法陣に繋がっている十個の小さな魔法陣のうち、三つが消えて七つになっていた。

すなわち、三体の魔導人形が消滅したことを示している。もし奪い取られたのなら、大本に繋がる枝葉が切れるだけで、小さな魔法陣は残っているはずだ。

なのに、三つ魔法陣が消えているということは、スピネー商会の魔法使いに奪い返されたのではなく、跡形もなく消え去ったことを意味している。

「何か巨大なものが動いているぞ！」

「何あれ……魔導人形？」

野営地で何が起きているのか、マルスは遠眼鏡で確認し、アズライは操っている魔導人形の一体と繋いだ視覚情報から、現場の様子を確認した。

そんな二人の共通認識は、巨人――魔導人形がさらにもう一体、野営地に現れたということだった。

しかし、現れたもう一体が、本当に魔導人形なのかどうかは断言できない。

まず第一に、大きさが違う。アズライが奪った魔導人形は四～五メートルの大きさだが、新たに現れた巨人はさらに大きく、六～七メートルはある。

それに材質も違っているようだ。

アズライが奪った魔導人形の材質は岩だ。強度こそ違うものの、見た感じはそこいらの岩と同じ薄茶色の岩石でできている。なのに現れた巨人は、真っ黒だった。ゴツゴツした体表こそ魔導人形に似ているが、全身真っ黒な魔導人形なんて聞いたこともない。

そしてさらに、通常の魔導人形とは決定的に違うことが一つある。

「きゃっ！」

突然、アズライが悲鳴を上げた。

次いで、野営地では光が炸裂《さくれつ》し、一拍遅れて爆音が轟いた。

見れば、足下の小さな魔法陣がさらに一つ消えている。視覚情報を共有していた魔導人形が破壊されたのだ。

わずか一瞬で魔導人形が破壊されたことはあまりにも信じられないが、それ以上に信じられないものをアズライは見てしまった。

「今……魔法陣が空中に描かれていた……？」

いや、果たして本当に魔法だったのだろうか。

奪った魔導人形を通して見ただけなのではっきりとは言えないが、黒い魔導人形が光線らしきものを放つ直前、その胸元に魔法陣が出現していたように見えたのだ。

基本、魔法というものは魔導地脈を利用する。魔法陣が見えるとすれば、それは足下にしか出現しない。少なくとも、アズライは足下以外の場所に出現した魔法陣なんて、見たことも聞いたこともなかった。

「魔法陣だと？　魔法陣ということは、魔導人形が魔法を使ったということか？」

愕然《がくぜん》とするアズライの呟きに、マルスは驚きの声を上げて聞き返した。むしろ、その驚きこそ正しい。基本、魔導人形は魔導具の類いが使えないからだ。

魔導人形は存在そのものが魔導具である。魔導具が魔導具を扱うことはできない。なのに、魔法に精通しているアズライでさえも、そんな風に判断してしまうようなことをあの魔導人形はやってみせた。

魔法が使えないはずの魔導人形が魔法を使い、そのときに見えた魔法陣は足下ではなく胸部に出現した。

何かが――それこそ、野営地では常識の埒外《らちがい》なことが起きている。

「ええい！」

マルスは苛立《いらだ》たしく唸り、遠眼鏡を投げ捨てた。

「ここにいてはどうにもならん！　ウィッチ、残りの魔導人形で暴れているヤツをなんとか押さえつけろ！　僕は野営地に行く！」

「えっ？　ちょっ、クラウン⁉」

馬に飛び乗り、駆け出したマルスを止める暇もなかった。何より、奪った魔導人形の制御がある以上、アズライは移動すらできない。

「ああ、もう！」

指揮官が前線に出てどうするんだ――と思いつつ、今の自分にできることはマルスが言い残したように、支配下にある残り六体の魔導人形を使って黒い魔導人形を押さえること以外にない。

アズライは手に持っている長い杖《つえ》で足下の魔法陣を小突き、六体の魔導人形に指示を出した。如何にアズライといえども、一人で動かしている以上、それぞれに複雑な動きをさせることは難しい。

それでも利点はある。一つの意思で、同時多面的に動かせることだ。

四体の魔導人形が黒い魔導人形に飛びかかって手足を押さえ、一体は胴に巻きつき、残る一体が首を締め上げた。

わずかなタイミングのズレも生じない同時襲撃に、黒い魔導人形は束縛される。

「なんであれ、相手が魔導人形なら……！」

アズライは魔法使いだ。それも、他の魔法使いが使役する魔導人形の所有権を容易《たやす》く奪い、十体もの魔導人形を同時に操ることもできる天賦の才を持つ賢者である。

あの黒い魔導人形がどれほど強力で凶悪だろうとも、支配下に置いてしまえば――。

「……え？」

――と、思っていたがアテが外れた。

繋がっていない。

あの黒い魔導人形は、魔導地脈と繋がっていなかった。

アズライが魔導地脈に自身の魔力を使って接続し、あの黒い魔導人形の核となっているであろう魔導回路へ繋がろうとしても見つからない。

黒い魔導人形は、誰かが操っているのではなく、自立稼働している。

「なんで……？」

次の瞬間。

「ヴオオォォォォォォォォオッ！」

黒い魔導人形が吠《ほ》えた。

確かにそれは、獣が敵を威嚇するときのような鳴き声だった。

その声が、野営地から離れた場所で魔導人形を操るアズライの耳にまで届いた。

両手を押さえていた魔導人形は抗えぬほどの力で振り回され、足を押さえる魔導人形とぶつかり合って破壊された。

胴と首にしがみついていた魔導人形は、自由になった両腕で力任せに引き離された後、その豪腕の餌食《えじき》になって破壊された。

わずか一瞬、所有者《アズライ》が気を抜いてしまったとはいえ、この世界の最強戦力とされる十体もの魔導人形が、黒い魔導人形を相手に為《な》す術《すべ》もなく破壊されてしまった。

「な……何あれ、嘘《うそ》でしょ⁉　いったいどうなってんのよ！　あんなバケモノが、なんだってこんな……バケモノ？」

まさかとは思うが、しかし世界最強の単独兵器十体をいとも容易く破壊してのけるバケモノに、建国神話の研究をしているアズライだからこそ思い当たる節がある。

「ま、まさか……アカツキが封じた〝原罪《ペイン》〟……？」

「面白い冗談ですね」

声を震わせるアズライに、いつもと変わらぬ冷めた声をかけたのはクリスだった。

「あ、あなた、まだこっちにいたの？　クラウンを一人にしていいの⁉」

てっきりマルスと一緒に野営地へ向かったとばかり思っていたのだが、当のクリスは
「そんなことより」と、アズライの驚きを受け流した。

「あれは原罪などではございませんよ。あれこそが、魔導人形の前身ともいうべきものです。確か名前は……魔導生命《ホムンクルス》、でしたか。そう名づけられていました」

「え……？　ホ、魔導生命？」

「千年前の大戦当時、とある魔女が足りない戦力を埋め合わせるため、自立稼働する人型兵器を作ろうとしたのです。命令を忠実に守り、魔法も行使できる疑似生命兵器ですね。ところが、できあがったのはとんでもない欠陥品でした。命令を忠実に守るということは自我がないわけです。自我がないわけですから、原罪の汚染に対する抗体を持っていません。戦力になるどころか敵に回って面倒なゴミになったのです。ほとんどが当時に破壊されましたが、どうやら一体残っていたようですね。最近になって偶然にも発掘されてしまったようです」

「……な……なっ、なん……！」

さも当然のように黒い魔導人形——魔導生命のことを話すクリスを前に、アズライは上手く口が回らない。

「なんなのよ、それ！」

それでもなんとか絞り出した言葉は、与えられた情報を脳内で上手く処理できていないことを白状する台詞だった。

「なんなの、魔導生命って⁉　大戦当時に作られた自立稼働の人型兵器？　とある魔女が作った⁉　そんなの、聞いたこともないわよ！　しかもそれが、つい最近になって発掘された——って、それがどうしてスピネー商会の隊商から出てくるの⁉　そんなことまで知ってるだなんて、あなたやっぱり古の魔女の血縁か何かなわけ⁉」

「……どのように思われるかは、そちらの勝手ですが――」

アズライの追及に冷めた目を返しながらも、クリスはちゃんと答えてくれた。

「――魔導生命が今になって出てきたのは、まさに運搬中だったからです。十日ほど前のことでしょうか、スピネー商会が採掘権を持つカディオ山岳地帯の大魔石鉱で爆発事故が起こり、偶然にも魔導生命が発見されました。それを素直に届け出れば良かったものを、ゾーン＝スピネー氏は鉱山から出てきた魔導生命を大昔に隠蔽《いんぺい》された軍用魔導兵器とでも思ったようです。その点に関してはあながち間違ってはいないのですが、〝価値あるもの〟と判断し、外国に売りさばこうとするのはいただけません」

「ちょっと待ってよ！　なんで動いてなかったものが、今になって都合良く動き出してるの⁉」

「言いましたでしょう？　魔導生命は原罪の汚染に対する抗体がなかったと。抗体のない魔導生命は原罪の影響を強く受け、粗悪な複製品《コピー》になるのです。あの暴れっぷりから察するに〝憤怒《ラース》〟サタンの影響を強く受けているようですね。……近くに〝始まりの子《アダムカドモン》〟の魂が揃《そろ》っていれば、反応するのも当然でしょうけれども」

「……何？」

「簡単に言えば、アカツキの血と魂を受け継ぐ者が近くにいたから動き出した――ということです」

「それって……殿下のこと？」

「そう……とも、いいますね」

実際、この場に救世の英雄アカツキの血族――ディアモント王国の血縁者など、マルスをおいて他にいるわけもないのだが、クリスの返答はどこか歯切れが悪かった。

とはいえ、そんな返答の機微に今のアズライが気づくはずもない。それどころではない状況なのだ。

「それなら、殿下が向こうの現場に行っちゃったのはマズいじゃないのよ！」

暴れ出した魔導生命が、アカツキの血と魂を受け継ぐ者に反応するというのなら、マルスこそ真っ先に狙われる対象ともいえる。

あんなあっさりと、野営地へ向かわせるべきではなかった。魔導人形の支配を中断してでも引きとめるべきだった。

「ですから、私たちも早く向こうへ参りましょう」

「そうよ、早く殿下を止め……私、たち？　あたしも!?」

冗談でしょ――といわんばかりに、アズライは首を激しく横に振った。

「奪った魔導人形も全部壊されたのに、今のあたしが修羅場のど真ん中に行って何ができるっていうのよ!?」

「魔導生命に普通の武器で攻撃をしたところで、焼け石に水です。魔法の大火力で押すしかありません」

「魔法だったら、魔導具があるじゃない！」

「そんな玩具《おもちゃ》で真似ただけの魔法が通じるわけないでしょう。せいぜい表面を傷つけるだけで精一杯です。必要なのは本物の魔法ですよ。先ほどもお聞きしましたが、改めて伺います。……あなた、使えますよね？」

「うっ……う、う……」

揚羽蝶の仮面の下から射貫くような視線を向けられて、アズライは言葉を詰まらせた。嫌な目をしている。なんでもかんでも見透かすような、幼子を叱る母親の目のように感じてしまう。その目で真っ直ぐ見つめられると、どういうわけか嘘も隠しごともできなくなってしまう。

「あ……あたしは、そんな、魔法なんて……まだ研究中で、空を飛ぶのも火球を生み出すこともできないわよ！　ちょっとした光を灯《とも》す魔法を、一回成功させただけなんだから！」

クリスの眼差しに耐えきれなくなったように、アズライは怒鳴りつけるような大声で、本人的には誰にも言いたくなかった情けない事実を白状した。

何しろアズライは研究者だ。今は麗《うらら》かな春の日差し亭で給仕などをしているが、その本質は物事の探究者である。そういう類いの人間は、曖昧模糊《あいまいもこ》とした話は確証を得るまで口を閉ざすし、不完全な情報は恥と思っている。

アズライはまさにその典型的な部類というか、ヴァーチェ研究の傍らで学んだ古の魔女が扱う古代魔法を試してはいるものの、とても他人に公表できるような段階まで来ていないと思っていた。

問い詰められて白状するだけでも、相当に恥ずかしい話だ。

しかも白状した相手は、空を飛ぶことや火球を生み出すことが〝基本〟と言い放つクリスである。みっともないったらありゃしない。

「……ちょっとした光、ですか？」

案の定というべきか、クリスは驚いたような、それともあっけに取られているのだろうか、訝しがるような声で問い返してきた。

「そうよ！」

「それを、一回？」

「そうだって言ってるでしょう！」

期待に応えられなくて悪かったわね――と、怒鳴ってやりたいところだが、恥じ入る気持ちの方が大きくてアズライは何も言えない。

「十分ではないですか」

そんなアズライに、クリスは笑うでも落胆するでもなく、満足そうに頷いた。

「光を灯せたというのなら、あなたは魔法を使うための経路《パス》を一度は辿《たど》ったということ。行使する力を正しく想像すれば、如何なる魔法とて思いのままに扱えるでしょう」

「え……？」

クリスからの思わぬ賞賛に、アズライは目を白黒させた。

「ど、どういう……こと？」

「原理は魔導地脈と魔導回路の関係と同じです。体内を巡る魔力を呪文《じゅもん》という形で外へ放出する。重要なのは、体内魔力を発動させる魔法に応じて巡らせ、呪文を思い描きながら放つことです。それができないと失敗するのは当然ですね」

「呪文っていっても、そんなものあたしは――」

「口にする必要はありません。そもそも呪文は言葉ですらないと、私は聞いております。図形であったり火や水といった具体的な形であったり……つまり心で想像《イメージ》することが〝呪文〟なのです。ただし、そのときに決して忘れてはならないことが一つあります」

「……？」

「魔法とは、無形《トフー》から始まり虚無《ボフー》を喚《よ》び、闇《ハセク》へと至る禁忌の法だということです。そのことを理解した上で、使いたい魔法の効果に合わせて、魔力を頭の天辺《てっぺん》から足の先まで巡らせてください」

「そ、そんなことを言われても……」

「古の魔女《かのじょ》たちは皆、それを無意識で行っていましたよ。あなたにもできるはずです。さあ、やってみてください」

「む……無理よ、そんなこと！」

揚羽蝶の仮面を外して詰め寄るクリスに、アズライはたまらず叫んだ。

「急にできるわけないじゃない！　あなたがやればいいでしょう！」

「私ですか？　それは不可能です」

あっさりとクリスは否定する。

「私は魔法などという穢《けが》れた力を、根源的に使えないのです」

「だったら、あなたは――」

「いいから早く。あなたにしかできないことですよ」

背後に回られ、腰に両手を回されて、アズライはいよいよ逃げられなくなった。

「体内魔力の操作は、魔導地脈に接続する方法と同じ技術が流用できるはずです。そして、魔力の流れを制御するのは知性――すなわち、頭からです。そこから肩、腕、胸、腹部、腰、足のつま先へ。合わせて自分が何をしたいのか、どんな力を望むのかも想像してください。そうですね、まずは飛びましょう。大空を支配するのです」

「ううう……！」

こうなっては、クリスに言われるままにやるしかない。それでできなかったら、それはもう仕方がないことで諦《あきら》めてくれるだろう。

目を閉じて、言われるままに魔導地脈を探る要領で自分自身の体内魔力に接続する。

それはとても不思議な感覚だった。自分の魔力で自分を探るという感覚は、自分自身の内面を意図的に掘り下げるようなものだからだ。

大地の底を魔導地脈が巡るように、自分の体内にも魔力の流れがある。けれど、それはあっちこっちへ無軌道に流れていた。治水工事のされていない川のようだ。

それを知性で――頭から肩、腕、胸、腹部、腰、足のつま先へと巡るように整えればいいのだろうか。魔導地脈の流れを読んで操る術を身につけているアズライにしてみれば、そのくらいならできそうな気がする。

そうして流れを整えるときに、どんな力を行使するのかも併せて想像するのだとクリスは言っていた。

どんな力を行使するのか――それは空を飛ぶことだ。

まずは飛びましょう、とクリスは言っていた。

空を飛ぶことを想像しながら体内魔力の流れを整備する。

すると……どことなく、魔力の流れに違和感を覚える。

大空を翔《かけ》る想像をもっと鮮明にすると、よりはっきりと体内魔力の流れに違和感を覚えた。もっと気持ちよく、円滑に魔力を流すことができるはずだ。

向きがわかる。流れの強弱も理解できる。どこをどうすればいいのか、どこから流してどこへ流れ着くようにすればいいのか鮮明になる。

そして、それから——。

「それから、どうすれば……っ⁉」

目を見開いた瞬間、アズライは自身の置かれている状況を理解した。

前にも後ろにも広がる星の海。顔に叩きつける強い風。足は空を蹴《け》り、なんだかとても頼りない。

それもそのはずで——アズライの身体は今、宙を舞っていたからだ。

「ほら、できたでしょう？」

自身が空中の真《ま》っ只中《ただなか》を飛んでいる状況に息をのんでいると、耳元で囁《ささや》くクリスの声が聞こえた。腰に手を回してしっかりしがみついていたのは、このためだったらしい。

「その感覚をお忘れなく。如何なる現象の魔法でも、すべて同じ方法で発動するでしょう。これであなたは、俗にいう古代魔法の使い手となりました」

「こ、こんなすぐに、古代魔法を……あたしが……？」

「あなたには元から素養が培われていたからです。まずもって体内魔力の操作というのが難しいものですから。でも、まぁ、なんであれ——」

クリスは杖を握るアズライの手を取り、古の魔女がそうしていたように跨《また》がらせて、魔導生命が暴れる野営地を指さした。

「――千年の昔、原罪を相手に大空を駆け抜けた魔女の翼の復活です。派手にいきましょう」

5

時は少し遡《さかのぼ》る。

スピネー商会の隊商が闇の疾風に襲撃され、頼みの綱だった魔導人形もことごとく所有権を奪われた結果、隊商護衛はあっけなく瓦解《がかい》し、抵抗らしい抵抗もせぬまま降伏した直後のことだ。

（結局、力がすべてかよ……）

他の警備兵や魔導人形を奪われて無力になった魔法使いともどもゾイストは、何故か少し落胆していた。

今まで散々威張り散らしていた魔法使いたちが、力の拠《よ》りどころだった魔導人形を失って萎《しお》れている姿は滑稽《こっけい》であり、盗賊団の手口に拍手喝采《はくしゅかっさい》を送りたい気分ではあるのだが、それでも結局は〝魔導人形〟という力を使って制圧しただけだ。

結局、正しいことを叫んでいる人間が報われるのではなく、力を持っている人間だけが我を通せるのが今の世の中ということらしい。

なんだか肩すかしを食らった気分になったゾイストは、誰よりも早く抵抗する気力を失って投降した。盗賊団も「抵抗しなければ危害は加えない」と言っていたように、殴られたりするどころか縛られることもなく、一ヵ所に集められた。

もはや「後は好きにしてくれ」としか言い様がない気分だ。

警備の要である魔法使い——魔導人形が敵の手に落ちた以上、商品を含め、すべての荷物が奪われるのは目に見えている。雇用主であるスピネー商会からは嫌味ったらしい愚痴を言われるだろうが、どうしようもない。

せいぜい解雇されないことを祈るばかりだが、それは都合が良すぎるだろうか？

何しろ今回の商品には、ディアモント王国の特産品や純度の高い魔石だけでなく、貴重な〝骨董品《こっとうひん》〟が含まれている。ゾイストは現物を見てないが、わざわざ特注で六頭牽《び》きの荷台を追加して運ぶほどのものだ。

もしかすると、盗賊団はそれを狙って襲ってきたのかもしれない。

だとすれば、まんまと盗賊団の目論見《もくろみ》どおりに奪われてしまうことになる。雇い主であるゾーン゠スピネーが、どれほど怒り狂うか、考えただけで嫌になる。

果たしてどうなのかと、ゾイストは台車に目を向けた——まさにそのときだった。

「——ッ⁉」

件《くだん》の〝骨董品〟が納められている台車の屋根が突然爆散し、瓦礫と化した木材が飛礫《つぶて》のようにゾイストたち目がけて飛んできた。

「う、うわあああああああああっ！」

誰よりも早く異変に気づいていたゾイストが、悲鳴を上げて真っ先にその場から逃げ出した。一瞬遅れて、他の警備兵や魔法使い、盗賊団の見張りも、蜘蛛《くも》の子を散らすようにその場を離れる。

だが、全員が無事に瓦礫を回避できるわけもない。何人かは、ドスドスと地面に突き刺さる荷台だったものに呑《の》まれてしまった。

「なっ……何が起きた⁉」

ゾイストと同じように、間一髪で難を逃れた黒い仮面をつけた盗賊が声を上げた。

「おい、おまえ！　あの荷台には何を積んでいたんだ⁉」

「う……う、うう……う……！」

黒仮面に詰め寄られるゾイストだが、そんな問いかけに答える余裕はなかった。

見えていたからだ。

屋根が吹き飛んだ荷台から、夜の闇に溶け込みそうな漆黒の巨人が眠りから覚めたように起き上がってくる姿を。

「後ろを見ろぉぉぉっ！」

「ゴオオオォォォォォォォォォッ！」

ゾイストがなんとか理解できる言葉を叫ぶのと、漆黒の巨人が天地を揺るがす嘶きを張り上げて落雷のような閃光で闇夜を切り裂いたのは、ほぼ同時だった。

「ぎゃあああああああっ！」

奔《はし》る閃光。次いで、爆炎。

荷台から現れた黒い魔導人形が放つ閃光に巻き込まれ、わずか一瞬で、盗賊団に奪われた魔導人形のうち、三体が爆散した。


突如現れた異常な存在には、目覚めの瞬間に間近で遭遇したゾイストたちスピネー商会の隊商員や見張りの盗賊団員だけでなく、今回の戦利品を確認していた闇の疾風の主力たちもすぐに気づいた。

「なっ、なんだ⁉」

奪った荷馬車から飛び出したアダムは、崩れて燃えさかる三体の魔導人形と夜の闇に溶け込むような漆黒の巨人を目にし、愕然となった。

「どっから出てきたんだ、あんなもん⁉」

「す、スピネー商会の荷台からっすよ！　団長、こりゃヤベェっす！」

店ではガネリアの下で調理作業を担当している団員が、どうやら一部始終を見ていたようで報告してきた。

「ヤベェって、おまえ……」

何がどうヤバいのか、そのあたりのところを具体的に教えてもらいたい。

「あれって……魔導人形だよな？　アズィーの奴、何をやってんだ⁉」

ここにはいない闇の疾風の魔法担当に対して、アダムは思わず愛称で悪態を吐いた。見たこともない規格外の魔導人形だが、なんであれ、その手の処理はアズライの役目である。

まだアズライが支配できていない魔導人形が一体残っており、それが最後の抵抗とばかりに暴れている――アダムはそう考えた。

だが、それが甘い考えだということを、すぐに思い知らされる。

「ゴァアアアアアッ！」

黒い魔導人形が吠えた直後、空中に描かれる魔法陣。そこから迸る一筋の閃光が、スピネー商会の魔導人形を撃ち抜き、破壊した。

「な……なんだ、今のは⁉」

目の前で起きた出来事だというのに、アダムは理解できなかった。

黒い魔導人形が吠えたかと思えば、光線を放ってアズライが操る魔導人形を破壊したという結果だけは残されているが、その壊し方が問題だ。

「今……魔法を使ったのか？　魔導人形が⁉」

やはりアダムも、その事実に愕然となった。

本来使えないはずの魔法を平然と使いこなしているのなら、あれは単なる魔導人形ではなく、もっと別の〝何か〟だ。

「冗談じゃねえぞ……！」

直感的に、アダムは黒い魔導人形の相手をするべきではないと判断した。

しかし、だからといって〝逃げる〟という選択肢を選べるだろうか。中途半端な逃げ方をしても無駄のような気がするし、何よりここにいる全員を逃がすことは不可能だ。

「――ッ⁉」

アダムが判断に迷っているうちに、アズライが奪った残り六体の魔導人形がわずかなズレも生じさせずに動いた。

黒い魔導人形の両手両足、さらに胴と首にも飛びついて動きを封じ込める。

「ヴオオォォォォォォォォォォッ！」

そんな拘束も、一瞬しか意味を成さない。

黒い魔導人形が野獣のごとき嘶きを天に向かって放つや否や、アズライが操る魔導人形を虫食いだらけの木彫り人形を壊すかのように、たちどころに粉砕してしまった。

「お、おいおい……嘘だろ⁉」

規格外の力に知性を感じさせない凶暴さ。破壊された魔導人形がガラガラと音を立てて崩れていく。

もはやスピネー商会の人間だろうと闇の疾風の人間だろうと関係なく、誰も彼もが恐慌状態に陥って悲鳴を上げた。

「ま、マズイ……！」

誰もが一様に恐怖におののく状況に、アダムは顔色を青くした。

ただでさえ、破壊の化身と見紛《みまが》うようなバケモノの脅威に晒《さら》されているのだ。全員が団結しなければ、この窮地を脱することなどできそうもない。

なのに各々が恐怖に駆られ、我先にと逃げ出している。

これでは無残に蹂躙《じゅうりん》されてしまうだけだ。

なんとかして皆を——せめて闇の疾風の団員たちだけでも団結させなければならない。

そう思いはするものの、それならどんな言葉をかければ、こうも混迷した状況にいる団員たちを落ち着かせることができるのかわからない。

「クロウ！」

どうすべきか、結論が出ずに右往左往しているアダムを呼ぶ声。振り返れば、髑髏仮面の男が駆け寄ってきた。ガネリアだ。

「何をしている！　早くここから逃げろ！」

「この状況で仲間を放って逃げるのか⁉」

「だったら、どうしろってぇんだ！」

人類が生み出した単独魔導兵器を容易く粉砕した上に、魔法らしき力まで使うような巨人の怪物が暴れる状況で、仲間たちに冷静さを取り戻させる――そんな方法など存在しないと、ガネリアはアダムの訴えを一蹴《いっしゅう》した。

「おめぇは団の要だ！　他の奴よりも、まずはおめぇが生き残れ！」

「し、しかし……！」

アダムの迷いを、漆黒の巨人は待ってくれない。

合計で十体もの魔導人形を破壊した程度では満足できなかったのか、それとも足下で蠢《うごめ》く姿を不快に思ったのか、赤銅色の瞳《ひとみ》を人間たちに合わせた。

「ひっ、ひぃいいいいいいいっ！」

漆黒の巨人の視線が貫く先から悲鳴が上がる。

それは、恐怖そのものだった。

恥も外聞もかなぐり捨てて、少しでも早く、一歩でも遠くへ逃れようとしているのはスピネー商会の人間か、それとも闇の疾風の人間だったのか。

それがどちらに所属する人間であったかなど、もはや関係なかった。

無慈悲に振り下ろされる破壊神の鉄槌《てっつい》に、人間の身体が瓦礫と化した魔導人形の破片とともに宙を舞う。地面に叩きつけられ、ゴロゴロと転がった身体は、その後、動くことはなかった。

「――ッ！」

その状況を目の当たりにしたアダムが、声にならない叫びで喉を震わせる。

人があんな風に吹き飛ぶ様を目の当たりにして、思うところが何もないわけがない。

苛立ち、怒り、憤り――この不条理な出来事に身体が震える。

しかしその震えは、本当に漆黒の巨人に対する憤慨の気持ちだけで湧《わ》き立《た》っているのだろうか。

今、目の前で見ていたはずだ。人が紙くずのように宙を舞い、蹂躙される様を。

そこに恐怖はなかったか？

自分のところに来なくて良かったと、安堵《あんど》しなかったか？

答えは〝否〟だ。

漆黒の巨人が見せる破壊の力を前に、膝《ひざ》が笑うほどに恐怖している。『やめろ』と叫びたいのに声が出ないのが、その証拠ともいえる。

悔しい。情けない。苛立たしい。

他の誰でもない、自分自身に腹が立つ。闇の疾風をまとめる団長として、一人の男として、あまりにもみっともない。

自分はこうも臆病《おくびょう》な人間だったのかと、打ちのめされた気分を味わった。

「おい、アダム！」

奥歯をかみしめるアダムに、もはや秘匿名で呼ぶことも忘れ、ガネリアが焦《じ》れたように声を荒らげた。

「いつまで呆《ほう》けてやがる！　早くしろ！」

「お、俺は……！」

アダムが決断を下す暇を、しかし漆黒の巨人は与えない。抉《えぐ》られた地面の砂埃《すなぼこり》と巻き添えになった荷台の破片、そして人の悲鳴が奏でる暴虐の嵐《あらし》は、ついにアダムとガネリアを標的に見定めた。

「ヴオオオオオオオッ！」

何がそこまで漆黒の巨人を駆り立てるのか、猛《たけ》り狂《くる》うような嘶きで天を貫き、前進を開始した。

巨人の一歩は、アダムたちの数十歩に匹敵する。狙いを定められた以上、もはや逃げることは不可能だ。

「やらせるかあああっ！」

瞬間、目が眩《くら》むほどの轟炎《ごうえん》が夜の帳を切り裂いて迸り、漆黒の巨人を呑み込んだ。

炎の術式が組み込まれた魔剣による一撃は、それでもなお漆黒の巨人を焼き尽くすことができない。もとより効いてないのか、アダムとガネリアへ迫る勢いを殺すにとどめるだけだった。

だからといって、その大爆炎がまったくの無意味だったわけでもなかった。

漆黒の巨人が行う暴虐に恐慌状態へ陥っていた人々が、炎の勢いと、何より太刀打ちできない脅威と見做《みな》していた巨人がたじろぐ姿に、ふと我に返る機会を与えていた。

「諸君！」

人々が冷静さを取り戻したわずか一瞬を逃すまいと、鼓膜をつんざくような大声量がピュリア街道の空に響き渡った。

「僕の声を聞け！　そして思い出せ！　百年の昔、我らの先達は民草であったにもかかわらず、戦禍の中で武器を取り、戦いへと身を投じたことを！」

その声に、これまで恐怖に心を捕らわれて逃げるだけだった人々が足を止めた。

「何故か⁉　それは抗うためだ！　奪われないためだ‼」

道化の仮面で顔を隠し、闇の中でも目を引く朱色の装束で身を包む馬上の人の言葉に、誰もが耳を奪われた。その堂々とした佇《たたず》まいに、怯えて震えていた自分を無意識に見比べて、我を取り戻した。

「あ、あいつ……！」

その姿に、誰よりも驚いたのがアダムだった。

闇に紛れる稼業だというのに道化の仮面に朱色の衣装などと、目立つことこの上ない恰好の男なんて、マルス以外にいるわけがない。

万が一を考えて後方に下げていたのに、よりにもよって破壊の化身みたいな巨人が暴れている最中に出てくるとは、自殺行為もいいところだ。

「………」

なのに――何故だろう。

そんな馬鹿げた真似をする馬上の男から目が離せない。

怯えていないからだろうか、あるいは毅然《きぜん》とした姿を見せていたからだろうか。

アダムだけでなくガネリアも、マルスへと驚いたような視線を向けていた。

「抗え、諸君！」

皆の視線を一身に浴びてなお、マルスは雄々しく言い放つ。

「無様であろうとも、抗うのだ！　わけのわからん怪物に命を奪われるな！」

その姿は、人々を惹《ひ》きつけた。

その言葉は、耳目を摑んで放さない。

破壊の権化が顕現した状況にあってなお、威風堂々としたマルスの佇まいに、おそらく

誰もが同じ感覚を抱いたことだろう。

「偉大なる先達がその身を賭《と》して示したように、命を守るために立ち向かえ！　不条理な暴力を振りかざす簒奪者《さんだつしゃ》に、諸君らの命を奪わせるな！」

それは、王の姿だ。

民を導き、民を守る守護者が示すべき凜々《りり》しくも雄々しい姿だ。

生まれ持った品格がそうさせるのか、それともマルスだけの特性なのか、アダムを含め、その場にいる全員が馬上の人を認めざるを得なかった。

あれこそが、身命を捧《ささ》げるに相応しい王の姿である――と。

「これより、誰一人欠けることなくこの死地を脱するぞ！」

「おおおおおおおおおおおおおおおおおっ！」

空気が一変する。

王者の言葉に、逃げ惑うだけだった弱者が胸の奥に闘争の炎を燃やす。

漆黒の巨人がもたらした恐怖と絶望は払拭され、マルスの鼓舞によって人々の間には闘志と活力が漲《みなぎ》っていた。

ある者は反転し、武器を手に漆黒の巨人へ立ち向かう。

またある者は、怪我をして動けない者を助けるために死地へ飛び込んでいく。

慌てふためき、恐れおののく恐怖は、もはやどこにもない。闇の疾風やスピネー商会といった垣根を越えて、破壊の化身へ立ち向かう猛者たちだけが存在していた。

「あいつ……！　くそっ、あいつめ……っ！」

そしてアダムも動く。

征くべきか、それとも退くべきか迷う心はもうない。彼もまた、マルスの言葉で進むべき道がはっきりと見えた男の一人だ。

まさにクリスが言うとおりだった。彼女の言葉を、アダムは思い出さずにはいられない。


――王者とは、自らの信念に基づいて人々を導く者のことです――


その言葉を、マルスは行動で示してみせた。自分が為《な》すべきことや口にする言葉に迷いを見せず、絶望的な状況に行く手を阻まれても、膝を折るような真似を決してしなかった。

だから人々は奮い立ったのだ。

あの男について行こうと覚悟を決めた。

アダムには到底真似できない姿を、マルスはまざまざと見せつけたのだった。

（それに比べて、俺は……！）

アダムは自分にできたことは何もないと唇をかみしめる。守るべきか、退くべきかさえ決められずに右往左往していただけだ。

だから今度は、迷わず進もう。

王者が示した道を突き進もう。

せめてそのくらいはしてみせなければ、あの男と並び立つことなどできやしない。

「マルス！」

アダムが声を限りに叫べば、戦士たちの雄叫《おたけ》びが木霊する戦場でもマルスの耳に届いたらしい。馬を下りてすぐに駆け寄ってきた。

「マルスとは誰のことだ？　僕の名はクラウンだ」

「この状況になってまで、そういうのはもういいんだよ！　そんなことより、どうするんだ？　あのバケモノを倒すんだろ？　策はあるのか？」

「馬鹿者、僕の話を聞いていなかったのか？　僕は『命を守れ』と言ったんだ。戦闘は必要最小限にとどめて撤収する」

「なんだと⁉」

ここに来てそれはないだろう――と思ったが、確かに命を守ることがイコールで漆黒の巨人を倒すことに繋がるわけでもない。破壊の脅威が届かない場所まで逃げ延びることも命を守ることに繋がる。

「スカル、おまえはバラバラの人員を集めて部隊を作れ。撤収部隊だ。闇の疾風の人員を中心に、スピネー商会の人間を保護しろ。奴らの方が戦場に慣れていない。うちで守ってやるんだ」

「わかった」

「そしてその中から、王都に早馬を走らせてこの状況を伝えさせろ。スカル自身がそうしてもいい。僕の名前を出して構わない。軍をここに派遣するよう要請するんだ」

「……仕方ねぇな。了解だ」

さすがに年長者なだけあって、ガネリアは修羅場に慣れている。マルスからの無茶な要望にも文句や反論をすることなく頷くと、マルスが騎乗していた馬を借りてすぐに行動へ移った。

「クロウ、おまえは僕と一緒に行動してもらう」

「何をするんだ？」

「あのバケモノを倒す。それが無理でも、足止めをする」

「……は？」

ついさっきまでとは言っていることが真逆になっているマルスの発言に、アダムは面食らった。

「たっ、戦わないんじゃなかったのか⁉」

「皆の手前——特にガネリアの前だからそう言っただけだ。本心で言えば、奴はここで仕留めたい」

「……本気かよ」

正気を疑うようなアダムの問いかけに、マルスは「本気に決まっているだろう！」と語気を強めた。

「ガネリアに王都から応援を呼ぶように言ったが、軍が出てきても仕留められるかどうかはわからん。あれは我々の常識の埒外にいるバケモノだ。ここで仕留められなければ、奴は必ず王都へ行くだろう。そうなれば、ここは比較にならない悲劇が起きるぞ」

「………………」

マルスの脅しともいえる発言に、アダムはごくりと喉を鳴らした。

大袈裟な——とは、思わない。多少冷静さを欠いていても、少し考えれば未来が安易に想像できてしまったからだ。

「なんであれ、奴はここに引きつけておく必要がある。倒せずとも、王都へ行くことだけは阻止せねばならん。それを、僕とおまえでやるんだ」

無茶なことを言うとは思ったが、マルスは「できるか？」とか「やれるな？」などと問うのではなく、「やるんだ」と断定的に言ってくれた。

アダムとなら漆黒の巨人を足止めできる——マルスはそう信じている。信じていなければ、そんな言葉は出てこない。

「わかった。任せろ」

もはや迷いはない。覚悟ならとうに決まっている。

アダムは愛用の二振りの短剣を左右それぞれの手で抜き取り、強く握りしめる。全長が七メートルにも届こうかという巨人を相手にするには、あまりにも心許《こころもと》ない武器だ。

だが、これでも闇の疾風が誇る魔導具整備士のエメラダが、心血注いで魔導回路を改良した特注品だ。相手が規格外のバケモノなのでどこまで通用するかわからないが、他の得物を使うよりはずっと心強い。

さらにいえば、この武器でなければならない理由もある。

「俺が前衛、おまえは後衛だ。俺が奴を翻弄《ほんろう》するから、おまえが後方から攻撃してくれ」

「なんだと⁉　馬鹿を言うな、僕とおまえで食い止めると言っただろう！　一人で奴を翻弄することなど――」

「いや……たぶん、ついてこられないと思うぞ」

そう告げて、アダムは発走する。

速い。

駿馬《しゅんめ》と同等か、下手をすればそれ以上の速度で漆黒の巨人に肉薄する。

「――ッ！」

血気盛んな団員たちを前にして煩わしそうに暴れる漆黒の巨人の足下から、アダムは一気に空を飛ぶ。正しくは地面を蹴って跳んだのだが、その跳躍はまさに〝飛ぶ〟と称するに相応しい高さを誇っていた。

巨人の赤銅色をした瞳と、アダムの漆黒の眼《まなこ》が交差する。

「ふっ！」

その瞳に向けて、アダムは短剣を振り抜いた。

風が巻く。

突風が疾駆する。

風刃が漆黒の巨人に食らいつく。

「ヴオオオオオオオオオオオオッ！」

見えない風の刃が、漆黒の巨人の目を切り裂いた。そのとき初めて、漆黒の巨人が苦悶《くもん》にも似た絶叫を張り上げる。

巨象に挑む蟻《あり》の一噛《か》み。それは致命傷とはとても言いがたいものだったが、相手が傷を負わせることもできない無敵の怪物ではないということの証左でもあった。

「だっ、団長!?」

漆黒の巨人を牽制《けんせい》していた団員が、空を舞うアダムの姿を目にとめて困惑にまみれた声を上げた。

「下がれ、おまえら！　ここから逃げろ！」

「し、しかし……！」

「邪魔だ！」

漆黒の巨人を見据えたまま、声で指示を飛ばすアダム。そこへ、両目を潰された漆黒の巨人が腕を闇雲に振り回してきた。

それをアダムは、空を蹴って回避する。何もない虚空に見えない足場でもあるかのように、アダムの身体は空中で方向を転換した。

それこそがアダムの——闇の疾風の秘密兵器である強化服《パワードスーツ》の真骨頂だ。魔導回路をブーツやグローブなどに仕込むことで魔法の加護が得られるようになっている。今回は風の魔法を使っている。

人知を越えた跳躍も、あり得るはずのない空中での方向転換も、風の魔法の加護があってこそ。まるで風の化身にでもなったかのように、アダムは漆黒の巨人を相手に空を、大地を駆け抜けた。


単身、漆黒の巨人へと果敢に挑むアダムの姿に、マルスはしてやられたとばかりに相好を崩した。

「あいつ、あんな隠し球を持っていたのか……！」

盗賊団の名を自ら体現するかのように疾駆するアダムを見れば、確かにできることは後方からの援護しかない。

ならば、その役割を果たすだけだ。

マルスは落ちていた槍《やり》に仕込まれた魔法の力を解放する。出力の調整など必要ない、全力全開で魔力を解放し、投擲《とうてき》する。

投げられた槍は稲妻をまとい、漆黒の巨人に突き刺さると同時に紫電を迸らせた。

目が眩むほどの電流が漆黒の巨人の全身を駆け抜け、わずかな間、夜の帳を払拭する。

「……ちぃっ！」

その様子を目の当たりにしたマルスは、なのに忌々しそうに舌打ちをする。

まったく効いていない。

いや、焦げるくらいはしたのかもしれない。漆黒の巨人は全身から白い蒸気のようなものを立ち上らせていた。

しかし、タタラを踏むようによろけただけで倒れたりはしなかった。

「……マズいな……」

魔法の直撃を食らってなお、びくともしない漆黒の巨人を前に、マルスは我知らず冷たい汗を流していた。


「冗談だろ……！」

激しい稲妻の奔流を受けてなお倒れなかった漆黒の巨人を間近で見ていたアダムも、驚愕《きょうがく》で瞳を見開いていた。

白い湯気は漆黒の巨人を焼いたものではない。傷を癒《い》やす治癒魔法の残滓《ざんし》だったからだ。

マルスが投擲した稲妻による燃焼も、自身が刻んだ瞳の傷さえも、白い蒸気に包まれるや否や時間が巻き戻されたかのように完治していく。

「ルオオォォォォォォォォォッ！」

わずか数瞬の後、漆黒の巨人は完全復活していた。目を潰した優位性も、もはや失われている。

「火力が足りねぇ……！」

この巨人には魔法が通じない。いや、通じてはいるのかもしれないが、既存の魔導具では致命傷たり得ない。

より強力な——それこそ一瞬で消し飛ばすほどの極大の一撃で欠片《かけら》すら残さず蒸発させる勢いでなければ、倒すことなどできそうにもない。

それこそ、神話時代の魔女が使っていたとされる古代魔法での一撃だ。

けれど、そんなことができる魔女は千年も前にいなくなってしまった。もはや為す術などないのかもしれない。

「下がって！」

そのとき、アダムの頭上から聞き慣れた声が降ってきた。

疑問に釣られて仰ぎ見れば、空に輝く星々が消えていた。

代わりに、十重二十重の円に囲まれた極大な魔法陣が空を覆っている。

「——ッ⁉」

アダムは声にならない悲鳴を上げて、直前に聞こえた声に従った。ブーツに仕込んである魔導回路をフル稼働させ、最高速度で漆黒の巨人から距離を取る。

直後。

魔法陣の中から飛び出すように、数多の流星と見紛うばかりの光弾が降り注ぎ、地面もろとも漆黒の巨人を貫いた。

「う、お……っ！」

十秒か、二十秒か、いやもっと長い時間——およそ一分間は降り注いだであろう光弾の威力は筆舌に尽くしがたく、昨今の軍用魔導具でもここまで圧倒的な威力を誇る魔法は見たことも聞いたこともない。

「あれは……」

アダムは見た。

空に描かれた魔法陣がその力を放出して消えた後に、大空を鳥のように飛び回る人の姿を。

「古の……魔女？　いや——」

月と星の明かりが照らす大空の下、杖に跨がって空を駆けるとんがり帽子の姿は、建国神話で伝え聞く古の魔女と重なる。だが、千年も前の伝説で語り継がれる人物が今なお生き残っているわけもない。

それよりもアダムは、ごく身近にとんがり帽子で古の魔女を彷彿《ほうふつ》させる格好をした人物がいたことを思い出した。

「——まさか……アズライか⁉」


「ねぇっ！　どうなった⁉」

古代魔法を漆黒の巨人――魔導生命に叩き込んだアズライは、しかし自分が放った魔法がどれほどの威力だったのか、わかっていなかった。いまいち実感がないようで、手応えがあったような気もするし、そうでもなかったようにも感じている。

「……そうですね」

そんなアズライに問いかけられたのは、彼女に古代魔法の使い方を教えたクリスだ。眼下で立ちこめる砂埃を鋭く睨《ね》めつけながら、滔々《とうとう》と口を開いた。

「端的に申しまして――〝無様〟と評させていただきます」

「何それひどい！　あたし、初めてなのよ⁉」

「ではあなたは、喧嘩《けんか》をしている子供が石ころをやたらめったら投げつける様子を見て賞賛いたしますか？　規模は違えども、これはそれと同じです。派手にいきましょうとは言いましたが、派手ならそれでいいというわけでもございません」

「なっ、何よもう！」

辛辣《しんらつ》ながらも的を射るようなたとえを出されて、さすがのアズライも我慢の限界とばかりに唇を尖《とが》らせた。

「何度も言うけれど、古代魔法なんて初めてなんですからね⁉　上手くいかなくて当然でしょう！」

「その考えこそ、魔法を上手く使えない理由であると理解してください」

「はいはいそうですね！」

拗《す》ねるアズライだが、しかしクリスはそんな彼女よりも眼下の魔導生命を注視していた。

アズライには石ころを投げつけた程度と評したが、実際のところ、魔導生命にしてみれば雪玉を投げつけられていたところに、石つぶてを本気でぶつけられた程度の苦痛には感じているはずだ。当たりどころが悪ければ——良ければ——今の一撃で決着がついていてもおかしくない。

「——ッ⁉　逃げて！」

クリスが珍しく顔色を変えて叫ぶ。

「え？」

と、アズライが急な話に理解が追いつかず、首をかしげたわずかな誤差が明暗を分けた。

「……オ……オオ……ォォォォォォォォオオオッ！」

地の底から噴き出すような雄叫びとともに、抗いがたい不可視の衝撃波が空を飛ぶアズライとクリスを襲った。

純然たる魔力の放出。魔導生命を中心に全方位へ放たれた魔力衝撃波は、アズライとクリスを翻弄するだけにとどまらず、地表を引《ひ》っ剝《ぺ》がして駆け抜けた。

「オオオオオオオオオオオオオオオッ！」

　天地が鳴動する。

　風が渦を巻き、砂塵《さじん》を吸い上げて竜巻を呼び起こす。

　熟練の――それこそ建国神話に登場する歴戦の魔女ならば空を飛んでいても乗り越えられたのかもしれないが、今日初めて空を飛んだアズライには抗う術もない。

「きゃあああああっ！」

　嵐が襲う大海原に浮かぶ小舟のように、魔力衝撃波の奔流に呑み込まれたアズライはあえなく墜落。身体をしたたかに大地へ打ちつけて地面の上に転がった。

　むしろ、それは幸いなことだったのかもしれない。

「う……くぅ……っ！」

　吹き荒れた魔力衝撃波が収まった頃に、アズライはなんとか起き上がることができた。

「……なっ⁉」

　そして、眼前に広がる光景に言葉を失った。

　無茶苦茶だ。無茶苦茶になっていた。

　なだらかな草原が続くピュリア街道の風景は、もはや存在しない。まるで流星群が降り注いだかのように大地は激しく隆起し、険しい岩山のようになっていた。

「み、みんなは……⁉」

一緒に飛んでいたはずのクリスは、近くにいない。アダムやマルスも見当たらない。撤退を試みていた部隊の姿も消えていた。

代わりにそこで存在していたのは――星夜の明かりに照らされてもなお黒く暗い漆黒の四肢、赤銅色の瞳を爛々《らんらん》と輝かせている魔導生命だけだった。

6

「うっ……ううう……」

真っ暗な闇の中、全身がズキズキと痛む身体に鞭打《むちう》つように、ゾイストは瓦礫の中から這《は》い出《で》てきた。

「いったい、何……が……」

自問の答えは、ゾイストの眼前に広がる風景が雄弁に語っていた。

確か自分は、ピュリア街道にいたはずだ。なのに目の前の光景は、大規模魔法を使用した戦場のように荒涼とした世界になっている。そんな中、瓦礫以外で存在するのは遠くにあってなおはっきりわかる漆黒の巨人。赤銅色の瞳を煌々《こうこう》と輝かせるその様は、悪魔の化身であるかのように畏怖《いふ》の感情を刺激する。

「ここは……地獄、か……」

ゾイストは直感的にそう思った。そして、自分は死んでしまったのではないかと考えた。

死後、人は生前に犯した罪によって未来永劫《えいごう》果てることのない責め苦を受け続ける――と、いわれている。ゾイストは無神論者だが、事ここに至り、神秘学者たちが唱えていた説はあながち間違いではなかったのだと悟った。

ならばあの巨人は、如何なる罪を司《つかさど》る悪魔なのだろう。

傲慢《ごうまん》か、怠惰か……色欲ということはないだろう。女っ気など欠片もない人生を歩んできていたからだ。

もしかすると、憤怒かもしれない。自分の置かれた境遇や魔法使い《同僚》の態度など、最近はずっと憤っていた。おまけに周囲の惨状も、まるで怒りに任せて暴れたような有り様だ。

ならばあの巨人は、憤怒の化身なのだろう。自分は、不条理な怒りに未来永劫晒され続けるというわけだ。

「ああ……くそっ！　なんで、なんでこんなことに……！」

ゾイストの胸中に恐怖と絶望が去来する。足腰から力が抜けて膝を折る。光も届かぬ常《とこ》闇《やみ》に、活力が根こそぎ奪われる。

もはや救いなどどこにも存在しないのだと、諦念《ていねん》の情に心が埋め尽くされる――と、そのとき。

ゾイストの耳に、瓦礫を踏みしめるような音が届いた。

緩慢な動作で音が聞こえた方向へ顔を向ければ、一人の男が立っていた。

一目見ただけでボロボロだということがわかる。全身を黒ずくめの装束で包んでいるが、とても死神には見えない。だらりと垂らした両手には、しかし強い意志を感じさせるように二振りの短剣を握りしめていた。

黒衣の男は、ゾイストの姿に気づいていないのか、顧みることもせずに前へ——漆黒の巨人の方へ足を動かした。

「おっ、おい、あんた！」

思わず、ゾイストは黒衣の男に声をかけていた。

見覚えのない男だ。だとすれば、スピネー商会の隊商にいた人間ではないのかもしれない。とすれば闇の疾風とか名乗った盗賊団の人間だろうか。今は外れているが、盗賊団の人間は皆が仮面で顔を隠していたから、よくわからない。

「どこへ行こうってんだ⁉　何をやろうってんだ！　はっ、早く逃げなきゃ……！」

見ず知らずの人間——それも、もしかすると盗賊団の人間かもしれない男に、ゾイストはそんなことを言っていた。

こんな状況だ。相手が誰であれ、恐怖と絶望の化身に近寄ろうとする者がいるのを見れば、止めてしまうのが真情というものなのだろう。

「………」

ゾイストに呼び止められた黒衣の男は、そこで初めて気づいたとばかりに両目を見開いた。

「……よく、生き延びたな……あんた」

それが何よりの喜びとばかりに、黒衣の男は表情を安堵にほころばせた。ともすれば、泣きそうな表情にも見える。

しかし男は、すぐに表情を引き締めて漆黒の巨人を見据えた。

「あんたはすぐにここから逃げろ。逃げて生き延びろ。その時間を、俺が稼ぐ」

「え……？」

いったい何を言っているんだ――と、問い返す暇もない。

黒衣の男がグッと前傾姿勢を取った次の瞬間、まるで自分が風の化身とでも言わんばかりの速度で、漆黒の巨人に立ち向かっていった。

数拍遅れて、漆黒の巨人が動き出す。宣言どおりに、黒衣の男は単身で恐怖と絶望の化身に挑みかかっていったのだ。

「な……なん、で……？」

一人果敢に漆黒の巨人へ立ち向かった男の行動を、ゾイストは理解できなかった。

あんなバケモノに戦いを挑んだところで、勝ち目などあるはずもない。

なのに何故、あの男は単身で挑んでいったのだろう。

最後に残した言葉を信じるならば、自分を逃がすため――ということになるが、何故あの男が自分のためにそんなことをするのかわからない。

見ず知らずの、名前だって知らないような自分のために、勝ち目のない相手へ向かっていくなんて正気の沙汰ではない。

――いや、これは好機だ。

ゾイストはそう考えた。

名前も知らぬ男が、どういうわけか自分のために身を挺《てい》して漆黒の巨人の足止めをしてくれるらしい。

だったら一刻も早くこの場から逃げよう。見ず知らずの黒衣の男が、たった一人で漆黒の巨人を食い止めてくれるこの間に、できるだけ遠くに。

「なのに……なんでだよ……！」

頭では逃げることをすでに選択しているのに、身体が従ってくれない。縫いつけられたかのように、黒衣の男と漆黒の巨人が鍔迫り合いをする姿を目で追っている。

ゾイストは、その様子から決して目を逸らすことができずにいた。

理由はわからない。

ただ、黒衣の男が果敢に挑むその姿が、目に焼きついて離れなかった。一人、恐怖と絶望の権化へ挑む男の姿に、胸の奥にある何かを鷲掴《わしづか》みにされている。

気がつけば、周囲に人の姿があった。どうやら助かっていたのはゾイストだけではないようで、一人、また一人と瓦礫の下から這い出てきたようだ。

そして、誰もがゾイストと同じように一人の男が漆黒の巨人と切り結ぶ姿に視線が釘づけとなっていた。

「ち……っく、しょう……！」

我知らず、ゾイストは歯を食いしばって立ち上がっていた。

まだ膝は震えているし、頭のどこかでは「逃げろ」と警鐘が鳴り響いている。

それでもゾイストは、なけなしの勇気を振り絞って前へ進むことを選んだ。

あの男だけは、こんなところで死なせてはならないと思ったからだ。

自分のように力の差に怖《お》じ気《け》づいて何もせず、愚痴をこぼすだけの卑小な人間とは違う。心に掲げる信念を貫くために、力の差が歴然としていても果敢に絶望へ立ち向かう男を、こんなところで死なせてはならない。

「これで逃げられるかよ！　逃げられるわけがねぇだろ！」

「そうだ！」

決意の叫びを張り上げるゾイストに賛同する力強い声が上がった。

「我らの盾として孤軍奮闘する男を犠牲に生き延びたとして、我らの胸には悔恨の念が残るだろう。死ぬ直前まで、このときの後悔は消えやしない」

まるでゾイストの気持ちを代弁するかのように、朱色の衣装の男は告げる。彼もまた満身創痍《そうい》ではあったが、しかし瞳の奥に煌《きら》めく闘志は消えていなかった。より一層、燃え上がっているようだった。

その熱は、周囲の者たちへと伝播《でんぱ》する。

「そうだ……そうだとも！　ここで逃げてたまるか！」

「あの男が守ってくれたように、俺たちも彼を守るんだ！」

「逃げ出してたまるか！」

一人一人の胸の奥に再び灯った闘志は、か細く小さなものかもしれない。けれど皆の心が一丸となれば、闇を払拭する輝きになる。

「戦える者は武器を取れ！　あの男を援護するぞ！」

朱色の男の宣言に、立ち上がった戦士たちは「おおっ！」と吠えた。満身創痍の身体に鞭打ち、歯を食いしばって地面を蹴り飛ばし、駆け出した。

それを人は、蛮勇と言うのかもしれない。勝機のない戦いに挑む男たちの姿は、あまりに無謀だった。理性を欠いていると言えるかもしれない。

けれど、彼ら自身もそのことがわかっている。

目の前に立ちはだかる敵の強大さが。

決して立ち向かえるような相手ではないことが。

それを理解して、それでも彼らは自分の命よりも単身で巨人に挑んだ男を救うべきだと決断した。覚悟を決めた。

その決断と覚悟があるならば、それは決して蛮勇とは言わない。

勇気ある決断だ。尊い覚悟だ。

そして、勇気を胸に前へ進む者を、人は〝勇者〟と呼ぶのである。

決して勝てないと――生きて戻ることができないと覚悟してなお、たった一人の男の助けとなるために前へ進む彼らは、まさに勇者だった。


単身、漆黒の巨人と大立ち回りを繰り広げているアダムは、いうまでもなく劣勢だった。

そもそも攻撃が通じない。

武器に仕込んだ風の魔法で作った鎌鼬《かまいたち》で切りつけているが、漆黒の巨人の体表をわずかに削るだけでダメージらしいダメージにはなっていなそうだ。

幸いなのは、風の魔法を手足に仕込んだ強化服のおかげで速度は上回っていることだろう。一撃離脱の戦法を取ることで相手を翻弄できている。

これでいい——と、アダムは考えていた。

マルスはこの巨人を倒したいと考えていたようだが、物理的に無理だ。絶対的に火力が足りない。魔導具での攻撃はもちろん、夜空の星が降ってきたような極大攻撃魔法でさえ耐え凌《しの》いだ相手に、もはやこれ以上の打つ手はない。

そう考えると、アダムは勝ち目のない戦いに挑んでいるように見えるだろう。

しかし、アダムが考える勝利条件は漆黒の巨人を倒すことではなかった。生き延びている人が、全員安全圏へ退避するまでの時間を稼ぐことだ。

それが一時間後か、二時間後か、それとも半日か一日かかるのかわからないが、それまでは決して膝を折ることはしないと決めている。

だからこそ、アダムは決して負ける戦いに挑んでいるわけではない。豪腕を振るう漆黒の巨人の攻撃をすんでのところで回避しているこの瞬間でさえ、彼は自分が定めた勝利のために戦っている。

それに、上手くいけばガネリアが王都から呼んでくれるであろう援軍が到着するかもしれない。そうなれば生き延びることだって夢ではない。完全勝利だ。

だからアダムは、そのときまで漆黒の巨人を翻弄する。

生き延びるために。

勝つために。

だが──。

「──ッ⁉」

間一髪、漆黒の巨人が振り回す豪腕が頭部をかすめた。

今のは危なかった。わずかでも気を抜けば、一気に叩き潰されてしまうだろう。

人間の集中力なんて、長くても二十分保てばいい方だ。

それをアダムは、自分の命を懸けたヒリつくような緊張感の中で、王都から救援が来るまで続けようとしている。常に緊張の糸を張り詰めさせ続け、相手の動きを読んで、それを上回る速度で跳び続けていた。

「ブルォオォオォオォアァアァアァアァアァアァアッ！」

「な──ッ⁉」

しかし、それでも限界は来る。

漆黒の巨人は、いつまでも叩き落とすことができず、ぶんぶんと飛び回る目障りな影に苛立ちを募らせて爆発させた。

不可視の衝撃波。それは先ほどピュリア街道の景色を一変させた技と同列のものだ。威力こそ格段に低く、またも地形を一変させるほどではないにしろ、タイミングが悪かった。狙っていたのか、はたまた偶然か、アダムが跳んでいたところを狙い撃ちにされた。

「ぐっ！」

空中で、しかも不意打ち。いくら風の魔法の加護を得ているとはいっても、急な空中制御までできるわけではない。アダムの身体は勢いよく地面に叩きつけられた。

わずか一瞬。本人さえも自覚していない、ほころびとさえ呼べない気の緩み。それが、アダムを窮地に叩き落とした。

煩わしい小バエをついに叩き落としたとばかりに、アダムに狙いをつけて腕を振り上げる漆黒の巨人。引き絞られ放たれた矢のごとく、巨岩のような握り拳がアダムに急迫する。

そして、次の瞬間。

砲撃のような火球が、巨人の腕を真横に弾いた。

「アダム！」

何が起きたのか理解できぬまま、地面の上に転がっていたアダムは身体を抱えられて漆黒の巨人の手が届かない範囲外に連れ出された。

「まったく、おまえがここまで無茶をするとは思わなかったぞ！」

「ま……マルス……？」

もはや聞き慣れた声に、アダムは無事だったのかと安堵するとともに「何故？」という疑問も抱いた。

「無事だったら……逃げとけよ……」

「馬鹿を言え。奴を倒すのは僕たちでと言っただろう。他の連中も、おまえを見捨てることはできなかったらしい」

「他……？」

そのときになってアダムは気づいた。ここに駆けつけたのがマルスだけではないということに。

幾人もの男たちが漆黒の巨人を取り囲み、魔導具を駆使して攻撃を仕掛けている。数こそ大軍勢とは呼べない微々たるものだが、皆の顔には強い意志と恐怖を克服した闘志が満ちあふれていた。

「皆、おまえを見捨ててはならないと、犠牲にはできないと、武器を手に立ち上がった者たちだ」

「な……っ!?」

マルスの言葉に、アダムは驚愕で目を見開いた。

「何故、あいつら……俺一人のために……！」

「それが、あなたの〝強さ〟だからです」

〝勇者〟たちの行動に困惑するアダムの疑問に答えたのは、マルスではなかった。

「恐怖と絶望が支配する闇の中、決して臆《おく》することなく誰よりも前に立ち、揺るぎない覚悟と確固たる決意を胸に前へ進むあなたの〝強さ〟が、彼らの心に勇気の灯火を燃え上がらせたからです」

「クリス⁉」

驚きの声を上げるマルスと唖然《あぜん》とするアダムの前で、クリスは洗礼を受ける騎士のように膝を折った。

「私は、ずっとこの日を待っていました」

驚倒するアダムとマルスを余所《よそ》に、クリスは言葉を紡いでいく。

「あの人が去ってから幾星霜、私はずっと待ち続けていた。再びこの世に、光り輝く魂が舞い戻ることを。それが二人に分かたれていたとしても、あなた方こそ王者であり、英雄でもあった彼の血と魂を受け継ぐ者」

「何を……言ってるんだ？　クリス、今は――ッ！」

「今だからこそ」

状況を考えろといわんばかりに声を荒らげるマルスだったが、クリスはそれを遮るように静かで、けれど有無をいわさぬ力強さで、言葉を続けた。

「……今だからこそ、お二人に我が真名《な》を――」

「オオオオオオオオオオオオオッ！」

そのとき、クリスの言葉を遮るように漆黒の巨人が吠えた。ビリビリと大気が震えるその振動は、ピュリア街道を一変させたときに酷似していた。

「あいつ、まさかまた……⁉」

顔色を蒼白《そうはく》に染め、アダムとマルスが前線に立つ勇者たちに退避を叫ぼうとした、まさに直前に、クリスが二人を手で制し、立ち上がった。

「我は開く、天の門」

破滅が迫る最中において、彼女は詠《うた》を紡ぐ。それはまるで、祈りを捧げるように。

「辿るべきは神の道、我が至るは神の国。不撓《ふとう》不屈、不壊不滅の意思を掲げ、我は征く」

光が射《さ》した。

夜の帳が覆う天空から、柔らかくも目映《まばゆ》い黄金色の光が降り注ぐ。

アダムとマルスが揃って顔を上げると、驚愕に目を開く。

夜の闇を打ち払うような黄金色の輝きの正体は、魔法陣。それも一つや二つではない、十はあろうかという魔法陣が小径で連結し合い、光り輝いている。

「無より生ずる無限の光よ、彼の者に堅守堅牢《けんろう》なる楯《たて》を授けたまえ」

クリスの詠唱が、終わりを迎える。

「ルオオオオオオオオオオオオオオッ！」

間を置かず、漆黒の巨人が、ピュリア街道の地殻を引っ剝がし荒れ地へと一変させた魔力衝撃波を解き放った。

「マルクト・ウォール！」

クリスが詠唱《いのり》に名を授けた直後、白いヴェールのような壁が魔力衝撃波もろとも漆黒の巨人を取り囲んだ。

大鐘を打ち鳴らすような轟音《ごうおん》とともに、破壊の力が反転する。

放射状に広がる魔力衝撃波が、その進むべき道をひっくり返されたかのように漆黒の巨人へと集中した。

「――――ッ‼」

音にならない絶叫が響く。外へ向かうはずの魔力衝撃波が内へと戻り、漆黒の巨人は捕縛されるように身をよじり、そしてついに膝を突く。

「く、クリス……おまえは――」

目前で繰り広げられた顚末《てんまつ》に、アダムか、マルスか、どちらからともなくそんな言葉がこぼれ落ちる。

「我が真名を、あなたへ――あなた方へ捧げましょう」

二人へ向き直ったクリスは再度膝を折り、頭を深く垂れて、長い間秘匿し続けてきたその真名を告げる。

「我が真名はフォーティテュード」

それは、ディアモント王国の建国神話に呼び名のみを残す者。姿形はもちろん、役割さえも秘匿され、伝説に残ることさえ許されなかった救世の御使い。

異界より召喚された救世主《アカツキ》を支えた神秘の一翼。

それが――。

「七元徳《ヴァーチェ＝セブン》の一柱、力と勇気を司る者」

――クリス＝ベルーラという侍女の真の姿だ。

「金剛《コンゴウ》暁《アカツキ》から託された願いを、今こそ果たすとき。あなた方の魂に剛毅の輝きが宿り続ける限り、何者にも折ることができない、決して砕けることのない堅牢強固な加護を与え続けましょう。さあ――」

クリスは――フォーティテュードは緩やかに漆黒の巨人を真っ直ぐ指さした。

「――征きなさい」

フォーティテュードの言葉に、アダムとマルスは顔を見合わせ――眦《まなじり》を決して発走する。大地を蹴りつけ、漆黒の巨人へと真っ直ぐに突き進む。

「全員、下がれえぇぇぇぇぇっ！」

マルスの号令が響けば、魔力衝撃波が反転した出来事に呆然《ぼうぜん》としていた〝勇者〟たちは我に返り、踵を返して一斉にその場から退避する。

「オオオオオオオオオオオオオオオオオオオッ！」

自身の魔力衝撃波を撥《は》ね返され、大地に倒れ伏した漆黒の巨人は迫る二人を赤銅色の双

眼で射貫くや否や、怒号のような雄叫びを上げて地表を薙ぎ払うように右の豪腕を振り回してきた。

「させない――――ッ！」

アダムとマルスを薙ぎ払うよりも前に、漆黒の巨人が繰り出す豪腕は天上より飛来した閃光によって貫かれ、爆散し、弾け飛ぶ。

戦線に復帰したアズライが放った渾身の、そして二発目は撃てそうにない古代魔法が、アダムとマルスの進む道を切り開いた。

「行って！」

アズライの叫びに背を押され、アダムとマルスはさらに前へ、真っ直ぐ突き進む。

さらに近づく二人を前に、だからといって漆黒の巨人も諦めたりはしない。その空っぽの命に寄生し、蝕《むしば》む憤怒の感情は衰えるどころかさらに激しさを増す。

腕の一本が消し飛んでも、もう一本ある――とばかりに、左の腕を引き絞り、射出。

あらゆるものを粉砕するその左腕の一撃に、けれど怯《ひる》まず、臆することもなく立ち向かったのはマルスだった。

両手で握る剣を振り上げて、一閃《いっせん》。魔法を使うでも何か特殊なことをするでもなく、マルスはただ、刃を振り抜いた。

破城槌《はじょうつい》のような巨人の左腕と刃が激突する。

激突の衝撃を物語るような轟音が響く。

間を置かず砕け散ったのは、漆黒の巨人が繰り出した左腕。

フォーティテュードの加護を受け、マルスの魂に宿る不撓不屈の王者の煌めきが巨人の左腕を粉砕した。

「行け、アダム！」

マルスの言葉に背を押され、アダムは加速する。

再生能力があるといっても瞬時に回復するわけでもない漆黒の巨人は、両腕を欠いて攻撃も防御もできずにいる。しかし、その目に宿す狂気を孕んだ憤怒の光は、決して怯まない。

アダムへ憤怒の視線をぶつけながら、漆黒の巨人は最後の抵抗に出る。その体格差を十全に活用し、全身を使って迫るアダムを押しつぶそうと打って出た。

前のめりに迫る漆黒の巨人に対し、アダムはさらに加速する。

強化服の魔導回路を最大出力で解放し、ただ――前へ。

激突する。

憤怒にまみれた巨人の全霊を懸けた鉄槌は、突き進む英雄の一撃に押し返される。漆黒の巨人の額を貫く二振りの刃は、超常の加護を得た不滅の刃となって荒れ狂う憤怒を貫き、凄《すさ》まじい衝撃波となって四方彼方《かなた》へ駆け抜けた。

そして——交差した漆黒の巨人と英雄は、動きを止める。

わずかな静寂。彫像のように静止する二つの影。

しかしそれも一瞬のこと。

両腕と頭部を失い、大地に崩れ落ちたのは——漆黒の巨人だった。

大地に倒れ伏した漆黒の巨人の残された体軀は、徐々に収まりつつある風に侵されるように灰へと変貌《へんぼう》していく。

「う……うおおおおおおおおおおおおおおおおおおおおおおっ！」

誰からともなく歓声が上がった。それは鯨波となってピュリア街道に響き渡った。

「アダム！　よくやった！」

勝者として立つアダムの下へ、真っ先にマルスが駆けつけた。次いで一人、また一人と皆が絶望と破壊の巨人を屠《ほふ》った英雄の下へと駆けつけ、喜びを爆発させる。

その光景をクリスは——フォーティテュードは慈しむように、過ぎ去った遠い昔を懐かしむように、柔らかな笑みを浮かべて見つめていた。

「……お帰りなさい、我が王。そして……我が英雄よ」

誰もが王者と英雄を讃《たた》え、喜びを爆発させる、その人々の姿を目にとめて、フォーティテュードは千年の溝を埋めるかのように万感の思いを込めて呟いた。

エピローグ

ピュリア街道で起きた漆黒の巨人――魔導生命《ホムンクルス》の暴走は、スピネー商会が非合法に開発し、海外に運搬しようとしていた魔導人形の暴走事件として王都を揺るがした。

何しろ大財閥であるスピネー商会が引き起こした特大の醜聞《スキャンダル》だ。世間の注目度は否応《いやおう》もなく高まり、それに合わせてスピネー商会がこれまで行ってきた悪事の数々が露見することとなった。

当然、スピネー商会の会長であるゾーン＝スピネーは事件を否定した。だが、実際にピュリア街道には壊滅的な被害が残されており、隊商に同行していた護衛兵たちの証言もあって、世間はスピネー商会に厳しい眼差《まなざ》しを向けている。

結果、今日になってゾーンが会長職を退くことが公表された。

「当初予定していた流れとは違うが、結果としては悪くないな。少なくともこれで、スピネー商会――ゾーン＝スピネーが行っていた悪事は是正されていくだろう」

麗《うら》らかな春の日差し亭の事務室で、世間に流れる醜聞やスピネー商会の状況を、マルスはそんな風に総括した。

「何が『悪くない』だ。悪いだろ、壊滅的に」

対して、アダムは大いに不満を抱いていた。

「今回の仕事は無料《タダ》働きになっちまったんだぞ。大赤字じゃないか」

戦場となったピュリア街道の惨状を見ればわかるように、スピネー商会が運んでいた商品は荷台ごとすべて、ことごとくダメになっていた。盗賊団としては奪うものが奪えなかったのだから、大失敗もいいところである。

「まぁ、いいじゃないか。店の稼ぎもなんとか黒字を維持しているし、こちらの人的被害も皆無だったんだから」

そう――あれだけの戦闘が繰り広げられたというのに、奇跡的にも死者は一人も出ていなかった。それはスピネー商会側も同じで、双方ともに、魔導生命に空中へ打ち上げられて地面を転がった際、腕の骨や足の骨、肋骨《ろっこつ》が折れる大怪我《おおけが》を負って動けなくなっていた者はいたものの、命に別状はなかった。

「あの騒動で、よく一人も死ななかったな。僕はてっきり、二桁《けた》くらいの犠牲者は覚悟していたぞ」

「あの程度の騒ぎで死者を出しては、先代に罵倒《ばとう》されてしまいます」

ピュリア街道の大惨事を〝あの程度〟呼ばわりしたのは、マルスの机にお茶を運んできたクリスだった。

「あなた方の魂に挫《くじ》けることのない剛毅《ごうき》な輝きが宿り続ける限り、如何《いか》なる障害であろうとも撥《は》ね除《の》ける鉄壁の楯《たて》として守護いたしますので」

つまり、ピュリア街道での戦闘で死者が出なかったのは、クリスがフォーティテュードとしてあの場にいた全員に防壁を張っていたから──ということらしい。

「しかし、おまえは本当にあれなのか？　その……建国神話に名前だけしか登場しない、ヴァーチェの一人？」

今さらながらに、マルスがクリスに問いかける。アダムも、自分から聞くことはしなかったが、興味津々といった体でクリスに目を向けた。

「左様です。千年の昔から、ずっとディアモント王宮に籍を置き、見守らせていただいておりました」

「千年……気が遠くなる話だな」

アダムがげんなりした表情で呟《つぶや》く。

だが、実際はそうでもなかったらしい。クリスにとって、初代国王アカツキの時代から今日までは、王国の歴史を間近で見続けることで、そこそこ楽しめていたようだ。

「そもそも、ヴァーチェってのはなんなんだ？」

「そうですね。私の誕生から語り始めれば長くなりますので割愛いたしますが、〝原罪《ペイン》〟

に唯一対抗できる、人が持つ根源的善意の化身――といったところでしょうか」

「……つまり、神様みたいなもの？」

「それとも違いますが、人間とは似て非なるものであることは間違いありません」

そりゃ千年も存在してるんだからな――と、アダムはクリスの説明に胸の内でツッコんだ。

「ヴァーチェというのは確か、建国神話に七つの名称が残っていたな？　ということは、残り六人――と、表現していいのかわからんが……いるのだろう？　やはり、王宮内にいるのか？」

「いえ、王宮に残ったのは私だけです。他は……さて、どこで何をしているやら」

どうやらクリスでさえ、他のヴァーチェの所在は把握していないらしい。

「ああ、一人だけ所在がはっきりしている者もいます。確か、フェイスが魔導戦艦の守人《もりびと》をしているはずです」

「……やはり存在するのか、魔導戦艦ユグドラシル」

ヴァーチェの存在が確認された以上、建国神話に残っている魔導戦艦ユグドラシルの存在もマルスは確信していた。

「ちなみに、場所は？」

「王都から南東に進んだ場所にある巨大湖の底です」

「ん？　あそこはかつて、調査しても何も見つからなかったはずだが？」

「見つかるわけがありません。ヴァーチェの一柱が守っているのですから。しかし、お二人が望めば姿を現すでしょう」

「……それは興味深い」

かつて、アカツキが原罪との戦いで用いた伝説の空飛ぶ要塞《ようさい》。それを現代に蘇《よみがえ》らせることができるという話は、なんともロマンがある。

「俺は反対だぞ。そんな物騒なもん」

どうやらアダムは興味がないらしい。いや、興味がないというよりも、原罪などという世界を滅ぼしかけた存在と渡り合うための兵器に対する危機感、嫌悪感が強くあるようだ。

「見かけによらず臆病《おくびょう》だよな、おまえは」

「うるさいな。慎重だと言ってくれ」

ふん、とそっぽを向くアダムに、マルスは〝やれやれ〟といわんばかりに肩をすくめた。

「それにしても、他のヴァーチェは自由気ままに過ごしているように聞こえるが、どうしてクリスは千年もの間、王宮に住み着いて侍女をやっていたんだ？」

まるで屋敷《やしき》に取《と》り憑《つ》くお伽噺《とぎばなし》の妖怪《ようかい》みたいだとマルスは思ったが、あまり良《い》い表現ではないので自分の胸の内だけにとどめることにした。

「そんなに長くいるということは、おまえがヴァーチェだということを王宮の者は知っていそうだが……誰もそんなことを口にしていなかったな」

マルスの疑問に、クリスは「ご存じなのは国王陛下だけです」と答えた。

「王位につく方にのみ、口伝で受け継がれるようになっているからです。近々、サンドラ様にも伝わるかと思います」

そのとき、姉がどういう反応をするのか興味をそそられるマルスだが、今は横に置いておこう。

「侍女をやっていた理由は？　アカツキとともに〝原罪〟を封じた存在ならば、そんなことをせずとも過ごしていけただろうに」

「最初にアカツキの子供の世話をしたのが運の尽きだったのでしょうね。気づけばこんな役割になっていました」

それで千年もの間、王家に生まれた子供の世話をし続けているのだから、やはり普通の人間とはどこか違う感覚をしているのかもしれない。

ただ、クリスが言うには「他にも理由はある」とのことだった。

「人は超常の存在をすぐに崇《あが》め奉ったりするものですから、それを避けるためでもあります。そういう扱いをされるのは本意ではありませんので」

それは暗に、特別扱いはしないでくれ——という意思表示なのかもしれない。王族に生まれたマルスにしてみれば、なんとなくクリスの言いたいことが理解できる。

「なら、これからもこれまでどおりにこき使っていい——ということだな？」

「ご随意に。私としましては、何があろうともお二人が今生での命果てるその日まで、お側でお仕えさせていただく所存です」

「そう、そこだ」

と、そこでアダムは、話が自分の琴線に触れる内容になったとばかりに割り込んできた。

「あんたがヴァーチェというのなら、マルスに仕えるのはわかるんだよ。何しろ救世の英雄、アカツキの子孫だからな。けど、なんでそこに俺まで加わってるんだ？　俺も王家の人間ってことか？」

「そうですね」

「……え？」

軽い冗談のつもりで口にした言葉に、クリスは笑うでも否定するでもなく、至極真面目《まじめ》な面持ちで頷《うなず》いた。

「いや……え？　ちょっ、ちょっと待ってくれ。俺は自分の親さえ知らない、天涯孤独の身だぞ。まさか国王の隠し子とか言い出すつもりじゃないだろうな？」

「それはない」

マルスが即座にアダムの妄言を否定した。それは何も父親の名誉云々《うんぬん》の話ではなく、表に出していない国王の王妃に対する溺愛《できあい》っぷりから判断したまでのことだ。

表では威厳ある国王として振る舞っているが、いざ私的な空間で過ごすことになると、いまだに新婚気分を引きずっているのかと言いたくなるほど王妃と仲がいい。

それを間近で見ているマルスだからこそ、そんな父親が外に妾《めかけ》がいる上に認知していない子供まで作っているとは思えなかった。

「あなたは出奔した王家の血筋の者です。いうなれば、殿下の従兄弟《いとこ》……いえ、もっと血は離れているでしょう。少なくとも、現王家とは関わり合いはありません」

「なんと！」

その話に、マルスは驚きの声を上げた。

「おまえと僕は、多少なりとも血が繋《つな》がっていたのか！」

「いや、知らねぇよ」

先ほど自分でも口にしたように、アダムは生みの親については何も知らない。育ててくれたのは麗かな春の日差し亭の先代店長――つまり闇の疾風《ブラック・ウィンド》の先代団長であり、その先代からは捨て子だったとしか聞いていない。

「何かの間違いじゃないのか？」

「いいえ。あなたの魂にはアカツキの英雄の輝きと同じものが宿っています。私たちヴァーチェはその輝きを持つ者にのみ、つき従うのです。間違えるはずがありません」

「………………」

そうまで断言されてしまうと、アダムも返す言葉が見つからない。何しろ、本当に実の親については何も知らないからだ。

「もしかして……俺の親のことも何か知ってる？」

「……知りたいのですか？」

「……いや、いい」

自分の出自について興味がないといえば嘘《うそ》になる。けれど、率先して調べたいと思うほど執着があるわけでもない。

何より、アダムにとって家族と呼べるのは麗かな春の日差し亭――闇の疾風の団員たちであり、親と呼べるのは先代の団長だからだ。

「私からも一つ、よろしいですか？」

これまで質問攻めに遭っていたクリスが、逆に申し出てきた。

「私がヴァーチェということは、内密にお願いいたします」

「うん？」

最初から吹聴して回るつもりはなかった二人だが、クリス本人から改まってお願いされるのは意外だった。

「やはり、秘密にしておきたいものなんだな」

「というよりも、興味本位で根掘り葉掘り聞かれるのが不愉快なので……」

どうやらヴァーチェといっても、そのあたりの感覚は普通の人間と同じようだ。アダムやマルスにも理解できる。

特にマルスの場合、王子という立場だからこそ根も葉もない噂話が出回り、社交界ではまったく関係ないご婦人方からあれこれ質問攻めにされて辟易《へきえき》した覚えがある。

「……あ、わかった」

しかしアダムは、クリスがそんなことを言い出した別の理由に気づいたようだ。

「アズィーのことを言ってるんだな？」

アダムの指摘に、クリスは「ええ、まぁ」と歯切れが悪い態度で頷いた。

「だよなぁ。あいつ、もともとヴァーチェを研究してるし、あんたにとっちゃ煩わしい相手かもしれないな。アズィーの方も、ヴァーチェ本人が目の前にいるとわかれば、質問攻めにするどころか解剖までしかねない」

「なるほど、そういうことか」

アダムの指摘に、マルスもいろいろと納得してしまう。何やら初対面の頃からクリスがアズライに向ける態度は他の面々へのものよりも刺々《とげとげ》しいと思っていたが、自身の正体について知られたくないという事情があったらしい。

「まぁ、当面はこの三人の秘密にしておこう。そもそも〝ヴァーチェ〟などという神話の存在がここにいると喧伝《けんでん》するのは、あまり賢いとは思えない」

「だな」

マルスの提案に、アダムも異論はなかった。

「ご配慮、痛み入ります」

二人の心遣いにクリスが感謝を込めて頭を下げたそのとき、事務室の扉がノックされた。

「やっぱりここにいた」

やってきたのは、今まで話題に出ていたアズライだ。事務室の扉を開けるなり、クリスの顔を見て嘆息する。

「そろそろ交代の時間よ」

「少し早くないですか?」

「別館のお客さん、帰っちゃったんだもの。場合によっては休憩なしになることもあるんだから、今日くらいはいいでしょ?」

「……仕方ないですね」

渋々といった態度でアズライの申し出を受け入れたクリスは、マルスとアダムの二人に

「失礼します」と一礼して、事務室から出て行った。

「……うん？　どうした？」

クリスを呼びに来ただけ——かと思ったアズライだが、一向に事務室から出て行こうとしない。マルスが声をかけると、「ねぇ、支配人《オーナー》。あの人っていったい何者なの？」なんてことを聞いてきた。

「んん？」

もしかして、先ほどまで話していたヴァーチェのことを聞かれていたのか——と疑ったが、どうやらそういうわけでもないようだ。

「だってあの人、古代魔法の使い方とか知ってるのよ。普通じゃないでしょう、それ」

「あー……」

そういえば、ピュリア街道の一件では、アズライが急に古の魔女が使っていた魔法を使いこなしていたが、その仕掛け人はクリスだったのかと今になって気づいた。

自分の正体は隠しておきたいくせに疑わしい真似《まね》をするとは、妙なところで詰めが甘い。

「まぁ、あれだ。あいつはいろいろ知ってるからな。もしかすると、僕も知らないような王宮の秘蔵書を読んで、知っていたのかもしれない。ほら、アカツキの妃《きさき》は一緒に原罪と戦った古の魔女の一人だろう？　そのあたりの文献とか」

「それで古代魔法が使えるようになるかしら？」

「そもそもキミは、現代の魔法に関しても一流なんだろう？　僕は魔法使いではないし、クリスも現代魔法は使えない。その差じゃないのか？」

「そういえば、体内魔力の操作がどうとか言ってたわね。その差なのかしら？」

どうやらアズライはいちおうの納得を得たみたいで、クリスについてさらに追及してくることもなかった。ホッと一安心である。

「それより、ここは休憩室ではないぞ。休むなら所定の場所で休みたまえ」

「あ、いえいえ。実はちょっと、さっきまでついていたお客様が気になることを話していて——」

「ほう？」

アズライが言うには、先ほどまでいた客がキナ臭い裏取引らしい話をしていた——ということだった。

「次の満月には果実が熟れるとか、東地区の倉庫で南国の果物を出荷するとか、なんだかわざとらしい会話だったのよ。どう思う？」

「顧客の名前は？」

「トーリ＝アゲート様」

「そいつ、古物商の重鎮じゃないか」

名前を聞いて、アダムにはすぐピンときたらしい。

「古物商の男が果物の話？　確かにキナ臭いな」

「ふむ……」

まだ確証のない話だが、もしかすると闇の疾風が狙《ねら》うに相応《ふさわ》しい、非合法な商いを行っている可能性がありそうだ。

「前回は実入りがなかったし……いいだろう。次の仕事といこうじゃないか」

マルスは、王子らしからぬ笑みを口元に浮かべて決断する。

そんなマルスを見て、盗賊稼業が一気に様になったな——と、思うアダムだった。

あとがき

はじめまして、あるいはご無沙汰しております、氷川一歩《ひかわあゆむ》です。

この度は本作『千年王国の盗賊王子』をお手にとっていただき、まことにありがとうございます。

今回のお話は、前作「幻獣王の心臓」シリーズが現代ファンタジーだったので、「次は異世界ファンタジーをやってみよう」というのが企画のスタート地点でした。

そこからまぁ、あーでもないこーでもないと設定やらキャラクターやらを作っては直し、作っては直しを繰り返して今回のお話になりましたとさ。

ただ、やっぱり王道でノーマルな異世界ファンタジーじゃ物足りないと思いまして、マルスとアダムの二人を『王』と『英雄』という形で、ダブル主人公にしてみたのです。

そういうわけでして、双方それぞれに見せ場というか頑張るところを盛り込んだつもりですので、楽しんでいただけましたら幸いです。

あれあれ？　これでもう、書くことがなくなっちゃったぞ。
えーっと。

じゃあ、そういうことで！

それでは最後に謝辞を。
表紙・挿絵を担当してくださった硝音《しょうおと》あやさん、美麗なイラストをありがとうございました。担当さんにも、前作に続いて本作でもいろいろご面倒をおかけいたしました。
また、本作が世に出るまでにご尽力くださいました多くの方々に、この場を借りて御礼申し上げます。
そして何より、お手にとっていただいた読者の方にとって本作が特別な一冊になりますように。

それではまた、次の物語でお会いしましょう。

二〇一八年一月吉日　　　　氷川　一歩

『千年王国の盗賊王子』、いかがでしたか？

氷川一歩《ひかわあゆむ》先生、イラストの硝音《しょうおと》あや先生への、みなさまのお便りをお待ちしております。

氷川一歩先生のファンレターのあて先

〒112-8001　東京都文京区音羽2-12-21　講談社　文芸第三出版部「氷川一歩先生」係

硝音あや先生のファンレターのあて先

〒112-8001　東京都文京区音羽2-12-21　講談社　文芸第三出版部「硝音あや先生」係

N.D.C.913　248p　15cm

氷川一歩（ひかわ・あゆむ）

7月30日生まれ、獅子座のAB型。神奈川県在住。別名義でノベライズなども手がける。
他の著作に『幻獣王の心臓』をはじめとする「幻獣王」シリーズ（全3巻）がある。

講談社X文庫

white heart

千年王国《せんねんおうこく》の盗賊王子《とうぞくおうじ》

氷川一歩《ひかわあゆむ》

●

2018年3月1日　第1刷発行

定価はカバーに表示してあります。

発行者——**鈴木　哲**
発行所——**株式会社　講談社**
東京都文京区音羽2-12-21 〒112-8001
電話　編集　03-5395-3507
販売　03-5395-5817
業務　03-5395-3615
本文印刷ー豊国印刷株式会社
製本——株式会社国宝社
カバー印刷ー半七写真印刷工業株式会社
本文データ制作ー講談社デジタル製作
デザインー山口　馨

ISBN978-4-06-286979-9

講談社X文庫ホワイトハート・大好評発売中！

公爵夫妻の面倒な事情

芝原歌織
絵／明咲トウル

ひきこもり公爵と、ヒミツの契約結婚!? まだ見ぬ父を捜すため、ノエルは少年の姿で宮廷画家をめざす。ところが仕事先の公爵リュシアンに女であることがバレて、予想外の申し出を受け入れることに……?

天空の翼　地上の星

中村ふみ
絵／六七質

天に選ばれたのは、放浪の王。元王族の飛牙は、今やすっかり落ちぶれて詐欺師まがいの放浪者になっていた。ところが故国の政変に巻き込まれ……。疾風怒濤の中華風ファンタジー開幕!

黄昏のまぼろし
華族探偵と書生助手

野々宮ちさ
絵／THORES柴本

毒舌の華族探偵・小須賀光、華やかに登場!! 京都の第三高等学校に通う書生の庄野隼人は、ひょんなことから華族で作家の小須賀光の助手をすることに。華麗かつ気品ある毒舌貴公子の下、庄野の活躍が始まる!?

女伯爵《コンテッサ》マティルダ
カノッサの愛しい人

榛名しおり
絵／池上紗京

トスカーナの伯爵家に生まれ、何不自由なく暮らしていたマティルダ。しかし父の死を機に運命が動き始める。彼女を救い導いた修道士への初恋は、尊い愛へ昇華する。歴史的事件「カノッサの屈辱」の裏に秘められた物語。

薔薇の乙女は運命を知る

花夜光
絵／梨　とりこ

少女の闘いが、いま始まる!! 内気で自分に自信のない女子高生の牧之内莉杏の前に、二人の転校生が現れた。その日から、莉杏の運命は激変することに!? ネオヒロイックファンタジー登場!